AİLE İÇİNDE

HAYATİ İNANÇ - BEKİR DEVELİ

Yazarlar / Hayati İnanç - Bekir Develi
Kitabın Adı / Aile İçinde

Genel Yayın Yönetmeni / Münir Üstün
Editörler / Merve Kar - Zeynep Ekşi
Kapak Tasarım / Hayati Yılmaz
İç Tasarım / ademsenel.com

Baskı-Cilt / Mega Basım
Cihangir Mahallesi Güvercin Caddesi No: 3/1
Baha İş Merkezi A Blok 34310 Haramidere, İstanbul
Tel:+90 (212) 412 17 00
Sertifika No: 44452

1. Baskı: Kasım 2021

978-625-8498-05-9

Kültür Bakanlığı Yayıncılık Sertifika No: 45359

PROFİL: 896
PRESTİJ KİTAPLAR: 42

PROFİLKİTAP

Necip Fazıl Bulvarı Keyap Sitesi G1 Blok No: 112
Yukarı Dudullu - Ümraniye / İstanbul
www.profilkitap.com / bilgi@profilkitap.com
Tel: 0 216 365 70 91 (pbx) Faks: 0 216 365 70 94

Profil Kitap Maviağaç Kültür Sanat Yayıncılık Tic.Ltd.Şti markasıdır.

AİLE İÇİNDE

HAYATİ İNANÇ - BEKİR DEVELİ

Önsöz

Son yıllarda pek çok alanda elde ettiğimiz başarılı sonuçlar, eğitim ve kültür sahasına taşıyamadığımız acı bir gerçek olarak karşımızda duruyor.

Özellikle aile kurumunu çok ihmal ettik. Mesleğim (avukatlık) itibarıyla yakından şahit olduğum boşanma davaları sayı bakımından üzüntü verici durumda. Ayrıca boşanmaya sebep teşkil eden hadiseler çoğu kere -eskilerin deyişiyle- incir çekirdeğini doldurmayacak şeyler. Yani çok önemsiz sebeplerle aileler dağılma noktasına geliveriyor. Bu durum kaygı verici cidden.

"Ne oluyoruz?" diye düşünmeden edemiyor insan.

Yükselen refah seviyesi bu noktada önleyici değil, tetikleyici olabiliyor çoğu zaman. Hani denir ya: "Darlık imtihanından zordur varlık imtihanı."

Kolay elde edilen şeyin kıymeti de bilinmiyor çoğu zaman. İnsanın böyle bir zaafı var.

Bazı şeyleri yanlış anladık galiba.

Başarı derken, kariyer derken, kendi ayakları üzerinde durmak derken ayarı kaçırdık sanki.

Hiç kabahati olmayan yavrularımız himayesiz, sevgisiz kalır oldu. Analı babalı yetim ve öksüzler çoğalmaya başladı.

Ziyâ Paşa'nın şöyle dediği yerdeyiz:

Eyvah bu bâzîçede bizler gene yandık*
Zîrâ ki ziyân ortada bilmem ne kazandık

Aile sıcaklığından bir şekilde mahrum kalan çocukların hayata uyum sağlamaları hayli zorlaşıyor. Yine onların okuldaki başarılarında belirgin düşüşü eğitimci dostlarımız ısrarla işaret ediyor.

Anneliği çok ihmal ettik. Değerini unutur gibi olduk. Oysa daha zor ve önemli bir iş görmedim ömrümce. Ne dersiniz?

Hep beraber başımızı iki elimiz arasına alıp düşünmek durumundayız demek isterim.

Yakın geçmişte 1994 ve 2001 ekonomik krizlerini yaşadık. Çok çetindi gerçekten. Ama herkes gördü ki başka ülkelerde benzer durumlar yaşansa o ülkelerin ayakta kalması mümkün değilken biz zor da olsa atlattık. En önemli faktör güçlü aile bağlarımızdı.

Her güçlüğü aşmada aile muazzam bir destek sağlar insana.

Aile kurumumuz cidden imrenilecek bir güce sahiptir.

Ama işte tam da bunu ihmal ediyoruz son zamanlarda.

Her şeyin fiyatını öğreniyoruz da değerini pek bilmiyoruz sanki.

Oysa en değerli şeyler para ile ölçülemeyen, fiyat konusu olmayan şeylerdir; huzur, ahlak, mutluluk, aile ortamı, sevgi gibi.

---

* bâzîçe: oyun

Hep birlikte düşünelim diye -kendimizi, sevdiklerimizi ve hayatı- şu kitapçığı hazırladık Bekir kardeşimle.

Gündelik telaşlara mahkûm olarak kaybetmeyelim en kıymetlilerimizi. Tam aksine, onların değerini bir daha derinlemesine düşünüp idrak edelim istedik.

Kuvvetle inandığımız bir husus; bizim kaynak problemimiz yok, idrak problemimiz var.

En önemli meselelerimizi -mesela aile- arka plana itip, ihmal edip lüzumsuz pek çok şeyin peşinde vakit ve nakit harcadığımız çok oluyor.

Desinler ya da demesinler endişesi bizi yanlış yönlendirebiliyor. Modernite bizi yoruyor. Hayatımızı kolaylaştırmak için kullanmamız gereken teknolojik aletler bizi esir alıyor bazen.

Vasıtaları hayatın gayesi gibi görmek, hayatın kendisine hıyanettir. Sadeleştirirsek: Araçlar amaç yerine geçerse bindiğimiz dalı kesmiş oluruz, kendimize kötülük etmiş oluruz.

Biraz düşünelim diyoruz yani, hep beraber.

Bizim başka kimimiz var?

Hayati İnanç

Başlarken...

Çocukluğuma dair anılarımın başrolünde odanın ortasında yanan bir soba var. Aile üyelerim onun etrafında toplanmış: dedem, ninem, annem, babam, kardeşlerim. Sobanın üstünde biraz kestane, belki birkaç tane de portakal kabuğu... Hatırıma gelen görüntü bu. Orada uzun uzun sohbetler ediyoruz; dedem anlatıyor, biz dinliyoruz. Hatta çoğunlukla aynı şeyi anlatıyor ama yine de keyifli geliyor bize onu dinlemek. Kardeşlerimle birbirimize kaçamak bakışlar atıyor, gülüp şakalaşıyoruz. Sobanın üstünde çay demleniyor. Herkes bir şekilde orada ve bir arada... O zamanlarda o sobanın başında edilen muhabbetler, paylaşılan hayat tecrübeleri öyle kıymetli ki... Akranlarım ve ben bundan istifade ettik. Ama modern zamanlarda durum hiç de öyle değil.

Belki de bütün odalar aynı anda ısınmaya başladıktan sonra, birbirimizden ayrı düştük. Önce o sıcak ama ıssız odalara çekildik, sonra sofraya bile birlikte oturamaz hale geldik. Yüz yüze bakmayı unuttuk. Anne Instagram'da gezinirken baba Twitter'da takılıyor, çocuk Twitch'te. Şimdi herkesin kendi başına yapabileceği o kadar çok şey var ki... Artık yanımızda bulunanlarla iletişim kurmak zorunda değiliz. Modern çağ mesaileri bizi meşgul ediyor; internet, sosyal medya uzaktakiyle iletişim kurma imkânı sağlarken, yakınımızdakilerle aramıza duvarlar örüyor. Hücrelerimizde yalnızız. Birbirimizin dertleri karşısında sağır, hakikat karşısında körüz.

İşte biz de bu kitabın etrafında toplanarak dertlerimizi paylaşacak, birbirimizle hemhal olacağız; kıymetli bir büyüğümüzü dinleyerek aile olmanın ne demek olduğunu hatırlayacağız. Dünya ve ahiret saadetinin kaynağı olan yuvaları bugün nasıl kurabileceğimizi konuşacağız. Bir önceki *Fabrika Ayarı* kitabımızda insanın fabrika ayarını konuşmuştuk. Aileye dair fabrika ayarımızın nasıl olması gerektiğini, nereden nereye geldiğimizi ise *Aile İçinde* bir sohbetle anlamaya çalışacağız.

Her kim bizimle bu sohbete katılmak istiyorsa buyursun.

Ocağımızın çevresinde herkese yer var.

Bekir Develi

1

İnsan ihtiyaç duyunca öğrenir, yoksa bilgiye ulaşmak o kadar da zor değildir. Önemli olan mumun yanması, o heyecanın ve merakın uyanması, metafizik ürpertinin hasıl olmasıdır. Hakiki başarı, "Merhumu nasıl bilirdiniz?" sorusuna verilen yüz karartmayan cevaptır.

Bekir Develi: Bismillahirrahmanirrahim. Allah'a hamd, Resûl-i Ekrem'e (sav), âlîne ve ashabına salât ve selam olsun. Rabbim bizi, bu kitabı oluşturma adına sarf ettiğimiz zamanın hakkını verenlerden eylesin inşallah. Okuyan kardeşlerimizden, bu kitabı okurken sarf ettikleri zamandan şimdiden helallik isteyelim, Allah razı olsun. Rabbimden bu çabamızı amel-i salih olarak kabul buyurmasını niyaz ederiz. Öncelikle nasılsınız hocam?

Hayati İnanç: Elhamdülillah efendim, iyiyim çok şükür, iyiyim. Allah bugünümüzü aratmasın, eskiler öyle dua eder ya... Belki bu ifadenin dinî bir değeri yok ama gelenekten gelen çok hoş bir dua. Hakikaten de Allah bugünü aratmasın. İnsanoğlu bunu düşünemiyor işte. Senin de bu konuda hoşuma giden bir anlatımın var. İnsanlar hayatımız rutin diye şikâyet ediyor, oysa rutin büyük nimettir diyorsun ya…

Çünkü rutin rahmettir, değil mi hocam? Şikâyet edilecek değil, şükredilecek bir şeydir. Allah insanın rutinini bozar; araya bir hastane, bir mahkeme ya da bir mezarlık koyar, rutinin kıymetini insan ancak o zaman anlar… Oysa rutin, Allah'ın seni nimetleriyle perverde etmeye devam etmesidir.

Cenâb-ı Hak bunu idrak etmeyi nasip etsin. Basit zannettiğimiz ve ufak gördüğümüz şeylerin ne kadar büyük nimetler olduğunu ne yazık ki bu âciz anlayışımızla ancak onları kaybedince fark ediyoruz. *O mâhîler ki deryâ içredir deryâyı bilmezler*, diyor şair. İnsanlar da tıpkı denizin içinde olup da denizi bilmeyen, denizi tanımayan balıklara benzer. Kıymet bilmek, nankör durumuna düşmemek ve mahcup olmamak için bunu her daim kendime ve kendimle birlikte herkese hatırlatasım var. Her an şükretmeli… Yemek yiyorsun, hazmediyorsun, şükretmelisin. *Eşin var, aşiyanın var, baharın var ki beklerdin,* diyor ya şair. Hâlâ sızlanmak niye? Bir arif öyle demiş; aklın başındaysa, imanın kalbindeyse, sıhhatin yerindeyse, sen neyin eksikliğinden söz ediyorsun? Demek ki ötesi şımarıklık. Cenâb-ı Hak muhafaza buyursun. Ezcümle iyiyiz.

Elhamdülillah... Alanya, Manavgat taraflarında taziye için cenaze evine giden insanlar, cenaze sahibine yas yerinden ayrılırken, Allah acınızı unutturmasın diye dua ediyorlar hocam. Allah acınızı unutturmasın... İlk duyduğumda garipsemiştim, anlayabilmek için sordum. Anlattılar: Allah size bugünkü acınızı unutturacak başka bir acı vermesin demekmiş. Bu çok başka bir bakış açısı.

İşte irfan budur. Hakikaten de arifane bir anekdot. O acıyı nasıl unutur insan? Ancak daha büyük bir acıyla karşılaşınca.

Öyleyse Allah acılarımızı unutturmasın diyelim... Sevgili hocam, 2020'de sohbetimizin ve muhabbetimizin neticesinde ortaya çıkan *Fabrika Ayarı* kitabımız hakikaten çok fazla insana ulaştı. Birçok okurumuzun selam, tebrik ve teşekkürlerini de bu vesileyle iletmek isterim.

Aleykümselam... Naçizane ikimizin arasındaki bir sohbeti insanlar böyle karşılıyor, teveccüh gösteriyor ve ondan mülhem çıkan kitabı bağırlarına basıyorsa bunda hem üzülecek hem de sevinecek taraflar vardır. Evvela hakikaten ciddi bir ihtiyaç var, bu görülüyor. Temel bilgilerden, hissiyattan, farkındalıktan hızla uzaklaşılıyor ki insanımız bu tür şeyleri arıyor, bunların izini sürüyor, bulduklarına da sarılıyor.

Bir taraftan da sevinmek lazım. Bunca gürültü patırtı arasında insanlar nereye dönüp bakıyor? Salon sohbetlerimizde ve konferanslarda bu dikkatimi çekiyor. Top değil, pop değil, eğlence değil. Ama yirmi yaş grubu içeriyi doldurmuş, can kulağıyla bizi dinliyor. Şöyle iki adım geriye çekilip kendi anlattıklarıma bakıyorum; dolu dolu, âlimane şeyler de değil. Yani ilmi kim yitirmiş ki biz bulalım... Ama demek ki aranan bir neşve var. Hikmeti arıyor insanlar. Boşuna mı yaşıyoruz, hayatımızı zayi mi ediyoruz kabîlinden bir sorgulama içindeler. Bu bizim için öncelikle ikaz edici olmalı. Demek ki bu genç, ona uygun bir biçimde anlatıldığı takdirde hem ev hayatını, hem iş hayatını, hem sosyal hayatını hem de statüsünü anlamlandırma ihtiyacı içinde. Yani versen alacak… Burada iş bizim nesle düşüyor. Tabii burada kendimi de orta yaşlı saymak hoşuma gidiyor.

Maşallah öylesiniz zaten hocam.

İnşallah öyleyimdir... Demek ki biz aslında birçok şeyi ihmal etmişiz. Bunun için kendimizce mazeretlerimiz olabilir. Bunlar epey haklı gerekçeler de olabilir ama şu gerçeği değiştirmez: Biz emaneti taşırken yeterince performans gösterememişiz. Bizden önceki neslin hassasiyetlerini, hayata bakışlarını bizden sonraki nesle taşıyamamışız. Çağlar boyunca her nesil böyle mi söylemiştir bilmiyorum ama ben tam dönüşüm neslinde olduğumuzu düşünüyorum. Âdeta ömrümüzün yarısını bir yerde, yarısını başka bir yerde geçirdik. O iki yer arasında da tercümeye ihtiyaç var. Babam, anam şu kavanoz dipli dünyayı nasıl görmüşse, torunumun da benzer şekilde görmesi için bu bakışı onların diline tercüme etme, onların dünyasına indirgeme gereksiniminden bahsediyorum.

Anne babalarımız için dünya hayatı aldatıcıydı, gelip geçiciydi. Bu hakikatin bilincindeydiler, öyle yaşadılar ve dünyalığa kıymet vermediler. Burayı ahirete giden bir köprü gibi gördüler. Yunus Emre diyor ya: *Dünya bir penceredir / Her gelen baktı geçti.* Oysa şimdi birçoğumuz dünyevileşme hastalığına tutulmuş durumdayız. Artık dünya için yaşıyoruz. Peki iki ayrı dünyanın insanları birbirlerini nasıl anlayacak?

Bu zor bir iş. Bana sorarsanız lisan öğrenmekten de zor. Lisan öğrenmek, milyonların bildiği bir sistemi öğrenmektir. Burada ise muhatabınız olan talebe kimse onun dilini öğrenmeniz gerekir. Bu Ahmetçedir, Ayşecedir... Ona mahsus o dili öğrenmediğiniz takdirde o kişiyi kendi dünyanıza taşıyamazsınız. Size, bir şeyleri anlamlandırmaya çalışan ama olup bitene bir türlü anlam veremeyen bakışlarla bakarlar. İşte yürütmeye çalıştığımız faaliyetler belki bu noktada bir anlam kazanıyor; dijital dünyaya tercüme edilebilen, bir şekilde oraya yansıtılabilen işler kıymetli. Mümkünse kısa, anlamlı, doğru, esaslı ve insanın özüne dokunan yaklaşımlara ihtiyaç var. Yani *Fabrika Ayarı* kitabının gördüğü ilgi bana bunları düşündürtüyor. Yoksa gençler çıkıp, "Bu zamanda bu da nedir, Allah'ını seversen..." diye dalga geçse ya da "Yahu siz ne yapıyorsunuz?" dese yadırgamam. Fakat böyle yapmadıklarına göre, işimiz zor...

Anlattıklarıma iki adım geriden baktığımda çok da âlimane şeyler olmadığını görüyorum ama gençler ilgi gösteriyor ve şaşırıyor dediniz ya hocam; bana kalırsa bunun sebebi şu: Biz bu tür sohbetlerin içinde büyüdük. Ninemizle dedemizle iç içeydik; hem onlar hem de anne babamız, bizi bu hakikatlerle yoğurarak büyüttü. O yüzden bize sıradanmış gibi gelen kimi şeyler, aslında bazılarının yıllarca çözemediği yüzlerce düğümü çözebiliyor. Dolayısıyla hakikatin hiçbir formunu küçümsememek lazım, değil mi?

Tabii, küçümsememek lazım. O genç belki de bununla hiç karşılaşmamış ve dünyaya bu bilinçle bakmamış. Neden? Karşısına hep testler konulmuş, önüne şıklar sunulmuş. Beş şıktan birini seçerek yirmi yaşına gelmiş. O gence hedefini soruyorsun, "Şu sınavı kazanmak, bu mülakatı geçmek..." diye cevap veriyor. Kendine geldiğinde bir bakıyor, yaş otuz! İşte o arada biri, "Delikanlı, o iş öyle değil, şuna bir de şöyle bak," dediğinde, bu şey bazılarına sıradan bir hakikat gibi gelse de, onun için 'ilk' değeri taşıyor ve güçlü bir sarsıntıya, samimi bir irkilmeye yol açıyor. Ömer Öztürkmen merhumun deyişiyle, "metafizik ürperti"ye sebebiyet veriyor.

Metafizik ürperti; yani maddeden ibaret olmadığının farkına varmak... Sadece etten, kemikten, bedenden meydana gelmediğini; insan olmanın bir kalbe ve ruha da sahip olmak manasına geldiğini idrak etmek... Bu farkındalığa ulaşmak aslında hayli müşkül ve mühim bir mesele.

Dediğin gibi, bazılarımıza sıradan gelse de gençlerimiz için hiç de öyle değil.

Ben size teşekkür etmek istiyorum hocam. Eğer arzu etseydiniz kitabın tamamını divan edebiyatıyla doldurabilir; Şeyhî, Fuzûlî ve Bâkî'den beyitlerle örebilirdiniz. Ancak böylesi, entelektüel camiaya ya da münevverlere şovumuzu yapıp ayrılmak gibi olurdu biraz. Hâlbuki bizim derdimiz Maraş'taki Mehmet amcanın hissesine bundan ne düşeceği. Aslında kitap neşreden, televizyon programı yapan, sahneye çıkan ya da diğer dijital kanalları kullanan insanların önünde iki tane yol var.

Bunlardan biri, "Burada çok güzel, esaslı bir laf edeyim de şu ön sırada oturan profesörlere bir ayar vereyim, ben de boş değilim diyeyim," yaklaşımı. Diğeri ise, "Profesörler varsın, buradan çıktıktan sonra benim için, havadan sudan, bilindik şeylerden konuştu gitti desin. Ama o salonda bulunan herkesin benim anlattığımdan bir hissesi olsun," yaklaşımı. Siz genelde ikinci yolu tercih ediyorsunuz.

Bu yolu özellikle tercih ediyorum. Kendi tattığımı başkalarına da tattırmak istiyorum. Bazen bunu, kısıtlı mizah kapasitemi kullanarak, "Ön sıradaki ak saçlılara değil de arkadaki gençlere söylüyorum," filan diyerek ambalajlıyorum. Çünkü aslolan o arka sıralarda oturan, kendini vasıfsız gören, henüz bir mevkisi olmayan, evlenmemiş, talebe; öğrenme imkânı, merakı ve daha da önemlisi ihtiyacı olan kişiler. Moda deyişle o gençlerin yüreğine dokunmaktır yapmaya çalıştığım şey. Merak uyandığında kişi öğrenir zaten. İlmi, bilgiyi hafife almış gibi görünmek istemem, niyetim o değil, fakat insan ihtiyaç duyunca öğrenir, yoksa bilgiye ulaşmak o kadar da zor değildir. Önemli olan mumun yanması, o heyecanın ve merakın uyanması, metafizik ürpertinin hasıl olmasıdır. Yani herkesin dayattığı o soğuk başarı tanımının dışına çıkarak, "Merhumu nasıl bilirdiniz?" sorusuna verilecek cevap için hazırlanma gayretidir. Ve evet, hakiki başarı, "Merhumu nasıl bilirdiniz?" sorusuna verilen yüz karartmayan cevaptır.

| **Pek güzel. Maalesef biz başarıyı ya da başarısızlığı sadece zahirî anlamıyla düşünüyoruz. İşi, eşi, parası olanı başarılı, bunlara sahip olmayanı başarısız addediyoruz. Oysa Peygamber Efendimiz (sav) "Beni cennete yakınlaştırıp ateşten uzaklaştıracak şey nedir?" diye soran bir adama, "Andolsun ki bu adam muvaffak kılınmıştır / başarılı bir soru sormuştur," diyerek karşılık vermiştir. Bizim başarı ölçümüz, başarı tanımımız bundan ayrı olmamalıdır.**

Amerika'da Mormon tarikatından, İncil'in mümkün olan en orijinal haline tabi bir din mensubu var: Stephen R. Covey. Bu adamın konferansları çok yankı buluyor. Hatta dinî içerikli olduğu için konferanslarına vaaz diyorlar. Son yirmi yıl içerisinde epey sükse yaptı. Çok etkili de bir kitabı var: *Etkili İnsanların 7 Alışkanlığı.* Bu kitap Türkçeye tercüme edildi. Haftalarca -yani haftalarca dediysem en az iki yüz hafta boyunca- çok satanlar listesinde kaldı. Neymiş bu yedi alışkanlık diye baktığımda, bizim sıradan bir el kitabımızda, örneğin bir ilmihal kitabında çok daha kapsamlı bir şekilde bulacağımız ahlaki prensiplerin, hadis-i şeriflere dayalı temel ilkelerin mevzu edildiğini gördüm. Stephen R. Covey'in kitabının önsözünde mealen şu yazıyor: "Bu kitabın amacı, sizi defnetmekten dönen insanlar, yolda hakkınızda ne söylesin istiyorsanız, ona hazırlık yapmak üzerinedir." Bu söylem Batı'dan gelince işte böyle ilgiyle karşılanıyor...

2

Nasıl sorusunu herkes sorar ama niçin sorusunu sormak bir anlamda terfi etmektir. İşte eskilerden aldığımız öz budur: "Niçin sorusundan korkuyorum evlat. Çünkü kalbimi O biliyor..."

İnsanın ezelî problemi dediğimiz şey aslında değişmiyor. O da şu: Dünyaya niye geldik? Burada ne işimiz var? Ben kimim ve bu hal neyin nesi? Tam olarak neler oluyor hocam?

Aynalar, söyleyin bana, ben kimim? demiş Necip Fazıl. *Yok mudur, sizin köyde, çeken fikir sancısı?* diye de feryat etmiş. İşte halimiz bu. Bu sorular ve sorgulamalar arasında bir uyanış, bir farkındalık meydana geldiğinde insan okuduğunu ona göre okuyor, yuvasını ona göre kuruyor, ticaretini ona göre yapıyor, siyasetini ona göre yürütüyor. Belki de şöyle özetlenebilir: Nasıl sorusunu herkes sorar ama niçin sorusunu sormak bir anlamda terfi etmektir.

Nasıl sorusu yaygındır; bu sorunun peşine düşülerek bir sürü cevaba ulaşılmıştır. $E = mc^2$, tamam; dört kere dört on altı, anladık; kaotizm, determinizm, Popper'ın getirdiği determinizm çok da geçerli değil, tamam; oluşum, kuantum fiziğinin getirdiği sürprizlerden ibarettir, anladık. Peki ya niçin sorusu? Biraz da onun peşinden koşmalı.

Son tahlilde akıl eden, seçim yapan, iyiyi kötüyü ayırt etme kabiliyeti olan, güzel çirkin kavramlarıyla tanışık olan bir süjedir insan. İnsan farklıdır. İnsan için güzel var çirkin var, iyi var kötü var, doğru var yanlış var ve bütün bunların da bir neticesi var. Yani, "Adam sen de!" demeyip hak ve batıl üzerine tefekkür etmek insanı insan kılar.

Bu bilinçte biriyseniz, bilerek ya da bilmeyerek gerçeğe aykırı bir söz söylediğinizde, böyle bir davranışta bulunduğunuzda, hakikat çizgisinden saptığınızda, sanki çok büyük bir sisteme karşı gelmişsiniz, ofsayta düşmüşsünüz, perişan olmuşsunuz gibi hisseder, bunun ızdırabını ta içinizde duyarsınız. "Bu yaptığım olmadı, olmadı..." diye geçirirsiniz içinizden. Hâlbuki size hatanızı soran, sizi suçüstü yakalayan ya da yanlışınızı gören yoktur belki de; fakat insanın doğruya, hakikate, güzele teşne bir hali vardır. Yanlışa düştüğü için ızdırap çekip acı duysa da insan, doğrunun hizmetkârı olup güzele yöneldiği zaman, çektiği acıdan da zevk alır. "Galiptir bu yolda mağlup" deniyor ya, işte insanı mutlak hakikat fikri orada kurcalamaya başlıyor. Ha, diyorsun, seçim yapmak hayvanda olmayan bir insan faaliyeti.

Bir kıssa anlatılır. İmâm-ı Âzam Ebû Hanîfe hazretlerinin yakın arkadaşı olan büyük âlim Süfyân-ı Sevrî ile ilgilidir. *Sevr* "öküz" demektir. Peki adında neden böyle bir şey var?.. Süfyân-ı Sevrî büyük bir âlimdir. Hazret bir gün mescide gidiyor ve içeriye sağ ayağıyla giriyor. Doğrusu da budur zaten. Fakat bunu gaflet içinde, yani bir alışkanlıkla yapıyor. O anda kendisine bir hitap geliyor. "Ey Sevr, buraya bir hayvan da girse, bir öküz de girse, ya sağ ayağıyla ya sol ayağıyla girecekti. Niyet yoksa ne kıymeti var?" Yani sünnete uyma niyeti olmadan, şuursuzca, alışkanlıkla yaptığın şeyin bir değeri yok.

İşte hayvan bütün bu hissiyatlardan, dertlerden, ızdıraplardan uzak. İnsanı farklı kılan da bu zaten; ahlaki bir seçim yapması, dert ve şuur sahibi olması. Fark burada. Ve bütün bunlar *niçin* sorusunun kapsamındaki şeyler. Niçin sorusunu göz ardı ettiği zaman insan, hayvan gibi olur diyeceğim ama o bile az, yani hakikaten hayvandan da aşağı olur.

Çünkü Kur'an'da da böyle tarif ediliyor. A'râf Sûresi'nin 179. ayetinde, "Andolsun biz, cinler ve insanlardan, kalpleri olup da bunlarla anlamayan, gözleri olup da bunlarla görmeyen, kulakları olup da bunlarla işitmeyen birçoklarını cehennem için var ettik. İşte bunlar hayvanlar gibi, hatta onlardan daha da aşağıdırlar. İşte bunlar gafillerin ta kendileridir," buyuruluyor.

Onlar hayvanlardan daha da aşağıdır deniyor. Neden? Çünkü idraksizler. Hem kötülük yapıyorlar hem de bundan rahatsızlık duymuyorlar. Bu nasıl bir şey? Bilhassa insanlar arasındaki ilişkilerde bunun örneklerini görüyoruz. Başarıyı yanlış tanımladığınız zaman, tıpkı ormanda yürüyen dev anası gibi ezdiğiniz karıncalar umurunuzda olmuyor. Karıncaları umursamadan yürümeye devam ediyorsunuz. Sorarlarsa evet, mesafe aldınız. İyi ama kardeşim, mesele bu değil ki. *Karıncalardan Özür Dilerim* diyor merhum Ömer Öztürkmen. Karıncalardan özür dilerim. Çünkü biz Allah'ın kuluyuz. Kul olmak işte böyle bir şey. Yani idrak sahibi, şuur sahibi, dert sahibi olmak... Peki bunu nasıl yapacağız? Bundan söz etmek hayli zor ama mevzu Allah ile arayı düzeltmek.

| **Allah ile aramız bozuk mu hocam?**

Yani galiba çok iyi değil. Yoksa huzur olur, güzellik olur. Huzursuzluk ancak Allah ile aranın düzgün olmamasından kaynaklanır. Türkçede *vicdan* dediğimiz şey herhalde tam olarak bunu karşılıyor. Bu bir iç huzur meselesidir.

| **Vicdan devreye girdiğinde insan kendisiyle yüzleşiyor, davranışlarını sorgulayıp kendini dolaysız şekilde yargılıyor.**

Niçin sorusu zaten orada anlam buluyor. Yoksa size ne yaptığınızı soran yok, hukuk da yaptığınız şeyi yasaklamıyor. "Legal olur da helal olmaz," deniyor ya. E hukuka uydun, kanuna kitaba uydun tamam ama...

Allah'ın kitabı ne diyor?

Mesele budur. Vicdanın ne diyor? Tabii burada vicdanın bir özelliğini belirtmekte yarar var: Vicdanınız, onu ve iç sesinizi ihmal ettiğiniz ölçüde size küser ve âdeta körelir.

Ebû Hüreyre'den rivayetle Peygamberimiz (sav) bu konuda şöyle buyuruyor: "Mümin kul günah işlediğinde kalbinde siyah bir nokta belirir. Eğer pişman olarak bağışlanmasını dilerse nokta silinip kalbi cilalanır. Günah işlemeye devam ederse siyahlık kalbini sarar." (Müsned, II, 297; Tirmizî, "Tefsîr", 83/1)

Öyle ki zamanla vicdanınızı, kalbinizi daha az, daha az ve daha az hisseder hale gelirsiniz. Bir zaman sonra da varlığını unutur, hissizleşirsiniz. Kalbin kararması denen şey işte budur. Kalp, hakikatleri görmez olur. Allah göstermesin, bu feci bir haldir.

Sahabe-i kiramdan Abdullah b. Mes'ûd tam da buna işaret ediyor. "Mümin, işlediği küçük bir günahı bile tepesinde dikilip üzerine düşeceğinden korktuğu bir dağ gibi görür. Buna karşılık günahı kanıksamış kimse onu burnunun üzerinden geçen sinek gibi kabul eder," diyor. (Buhârî, "Da'avât", 4) Yani tren kaçmadan gafletten uyanmak gerekiyor.

Küçük günahlarda ısrar etmek büyük günahları tetikleyebilir. Allah korusun, insan bir zaman sonra, işlediği günahın ardından, "Bu yaptığımda ne var ki," der ve küfre kapı aralar. Bu yüzden, "Her günahta küfre giden bir yol vardır," denir. Hatâen, bilmeyerek günah işlemenin cezası yok zaten. Fakat bilerek günah işlemek ne demek?

| **Bir bakıma meydan okumaktır.**

Hiçe saymak, hafife almaktır. Bunu ancak vicdanınızda tartabilirsiniz. Yani dışarıdan kimse sizi böyle görmez ve yargılamaz. İslam hukukunda da hükümler zahire göre verilir. Kişi tövbe eder; şahitliği kabul edilir, kız istese verilir, imam olsa arkasında namaz kılınır. Zahirde sorun yoktur ama içeride bir hesaplaşma vardır. Çünkü Allah, kişinin hakiki halini bilir. İnsan, "Filanca gördüğü zaman utandığım bir şeyi Allah görürken yaptım, bu nasıl iş!" diyerek işlediği günahtan rahatsız olur. Allah ile arayı düzeltme çabası dediğim şey biraz da bu: iç çatışma. Bir insanın içinde gürültü varsa bu şu demektir: Kalpte iman vardır, nefis küfür inadındadır; ikisi çatışır. Peki, bu savaş ne zamana kadar sürer? Ölene kadar...

İnsan iki türlü ölür. Birinde son nefesini verir, ruhu bedenden ayrılır, biyolojik ölümü gerçekleşir. Kişiyi teneşire yatırırlar, herkes de görür ki ölmüştür, Allah rahmet eylesin... Diğerinde ise kişi ölmeden evvel ölür ki o insanlara zaten evliya denir, yani ermiş. Arzu ve tutkularının esiri olmadan dünyadan bir yolcu gibi geçer...

| **Her insan başka zamanlarda ölür. Mezar taşları sadece gömüldükleri tarihi söyler.**

Sübhanallah...

Böyle de hikmetli sözlerim var yani hocam, kusura bakmayın.

Hem de çok var, maşallah...

Tabii bütün bunları bilmek ya da bildiğini tahlil etmek yetmiyor. İnsanın, bildiği şeyi üzerinde hal olarak taşıması yani yaşaması gerekiyor.

Aynen öyle. Bütün bunları da sadece ve sadece Allah için yapması gerekiyor. Yoksa ne olur? Yaptığın iyi işlerden dolayı kredi toplarsın, beğenilirsin, alkış alırsın, tamam. İyi ama senin sahibin günü geldiğinde, ben senin neyi niçin yaptığını biliyorum diyecek. Sen çok güzel ve iyi görünen bir iş yaptın evet ama bunu başkaları konuşsun diye, yani desinler diye yaptın. Dediler de. Mesele bitti.

Burada bir anımı anlatmak isterim. Henüz çocuktum, on bir yaşındaydım. Benden elli yaş büyük bir ahbabım vardı. Aramızda elli yaş fark olmasına rağmen çok iyi anlaşırdık. Caminin fahri müezziniydi. Yani yirmi beş sene boyunca müezzinlik yapıp emekli olduktan sonra, bir yirmi beş sene de tek kuruş almadan fahri müezzinlik yapmıştı. Çocukluğumda onun arkasından yürür, onunla beraber camiye gider gelirdim. Bana önderlik etmesi beklenen ilkokul öğretmenim ve okul müdürüm, "Sen bunun arkasında ne arıyorsun? Sen zeki çocuksun. Bunlar maaş olmasa camiye bile gitmez!" diyerek bir gün yolumu kesmek istemişti. Bilgim olmadığı için onlara cevap veremezdim ama kalbim kırılırdı, çok incinirdim. "Niye böyle söylüyorlar? Okumuş yazmış insanlar bunlar..." diye geçirirdim içimden.

Yaş farkımıza rağmen aramızdaki dostluk onun vefatına kadar sürdü. Beni hiç ihmal etmedi, aradı sordu. Ben de memlekete gittikçe onu ziyaret ettim, elini öpüp duasını aldım. Son gidişimde öğrendim ki bütün servetini harcayarak, elinde avucunda ne varsa infak ederek, ilçe merkezine tarihi boyunca görülmemiş güzellikte kubbeli bir cami yaptırmış. O sırada doksan yaşındaydı. Allah razı olsun diyerek kendisini tebrik edecek oldum, karşımda ağlamaya başladı. Ağladı, ağladı, ağladı -bizde köhnemek derler- içini boşaltsın diye biraz bekledim ve nihayet sakinledi. "Sen şimdi neden ağladın hocam?" diye sordum, merhum Fazlı Hoca şöyle cevap verdi:

"Oğlum, yaşım doksan. Artık iki ayağım çukurda. Ben bugün yarın yolcuyum. Bana mahşerde, 'Ey kulum, ne getirdin?' diye sual edilirse, ben de, 'Bu camiyi getirdim,' dersem, 'Sen bunu desinler diye; insanlar seni sevsin, saysın, cömert bilsinler diye yaptın. Nitekim dediler de; iltifat aldın, övüldün. Senin ödülün ve alacağın karşılık buydu, çünkü sen bunu gözettin. Sana burada karşılık yok!' denirse, benim halim nice olur?"

Şimdi şu derse bakar mısın, Allah aşkına? Adam servetini harcıyor ama ya niyetten kaybedersem diye korkuyor. Çünkü biliyor: Allah, kalpleri ve niyetleri en iyi bilendir. Bu adam doksan yaşında, bunayacak yaşta. Fakat idrakine bakın... Hâlâ pırıl pırıl, berrak bir zihne, derin düşünceye sahip –ondan yirmi yaş daha genç olup, zamanında yolumu kesmek isteyip onu takip etmemi münasip görmeyenlerin aksine. Fazlı Hoca yaptığı işle övünmek şöyle dursun, niyet noktasında iflasa gider miyim diye endişeleniyordu. Tabii niyeti ancak Allah rızası olan bu korkuyu duyar. Onun bana hayatta verdiği tek ders bu olsa yeter de artar: Yaptığın iş önemli ama *niçin* yaptığın daha da önemli.

Biz modern eğitim sisteminin ve modern hayatın içerisinde *niçin* sorusunu hiç mi hiç hatırlamıyoruz. Üretirken, tüketirken, kalkarken, yatarken, okurken, makam kovalarken, dünyalık herhangi bir şey elde ederken -servetin, şöhretin peşinde koşarken mesela- niçin sorusunu sormamak ne demek yahu? İşte eskilerden aldığımız öz budur: "Niçin sorusundan korkuyorum evlat. Çünkü kalbimi O biliyor..." Bu çok enteresan bir şey ve bizim bu öze ihtiyacımız var. Yani kalplerde bir mum yakmasını ben kalplerin sahibinden istiyorum. Bu öz olmadan hiçbir şey olmaz. Sen de bir şey yapmış, bir şey başarmış olmazsın. İflas edersin. İşin kötüsü böyle şeyler şekere bulanmış zehir olduğundan, ancak zehir tesirini gösterirken durumun farkına varırsın ki iş işten geçmiş olur.

Velhasıl güzel bir işe başlarken, başarıya doğru ilerlerken *niçin* diye sormayı ihmal etmemek lazım. Herkes iç muhasebesini yapmalı. Muhyiddin İbnü'l-Arabî hazretleri diyor ki: "Herkes amellerini sorguladı. Kendini hesaba çekti. Ben, niyetlerimi de sorguladım..." Bu bambaşka bir boyut. Delikanlılık budur.

Eyvallah hocam. Çok çarpıcı fakat bu herkesin yapabileceği bir şey de değil sanki. Her insan oturup kendiyle yüzleşip niyetini sorgulayabilir mi? Ancak kendi çapında, kendi birikimi doğrultusunda, kendi istidadınca sorgular. Çünkü kendi niyetini sorgulamayı bilmek, gerçekten kalbinin derununa vakıf olabilmeyi, kendini tanımayı icap ettirir. Ancak kendi ahlaki yapısını ve karakterini, ruh dünyasını, zaaflarını bilen biri kötü huylarının yerini erdemli davranışlarla doldurabilir. Bir müktesebat meselesi yani. Nitekim insan riyadan kaçıyorum derken bile riya yapabilir, değil mi?

Tabii. Çok da kolaydır. "Yalnız ağlayanda riya olmaz," demiş Necip Fazıl. Kime gösteriş yapacak, zaten bir başına. Ama kalabalığın içinde ağlamak mesela, bu açıdan tehlikeli olabilir.

Adamı sahneye çıkarmışlar, tanıtıyorlarmış. "Mehmet Efendi çok düzgün bir insandır, abdestinde namazındadır, herkes tarafından çok sevilir, imanlı bir abimizdir," dediklerinde adam da tevazu yapayım diye düşünmüş, "Estağfurullah efendim, iman bizde ne gezer," demiş. Güya tevazu gösteriyor. Yani o bile bir birikim istiyor.

Niyetlerimizi modern tabirle her daim "check etmek" yani gözden geçirmek, murakabe etmek şart. Bu ne yazık ki hayatımızda çok boş bıraktığımız bir saha. Hiçbir eğitim sisteminde hatırlamıyorum ki buna dikkat çekilsin, önem verilsin. Meşhurdur, anlatılır: Üniversitede bir hoca, İletişim bölümü son sınıf öğrencilerine final sınavında bir soru soruyor. 50 puanlık bir soru. Öğrenciler tüm ders notlarını yalayıp yutmuş. Mezun olma çabasındalar. Soru şu: "Beş yıldır bu okuldasınız. Her sabah koridoru ve sınıfı temizleyen o hizmetli kadının adı nedir?"

Hadi bakalım...

Kimseden cevap yok, öğrenciler şaşkına dönüyor. Hoca bizimle dalga mı geçiyor diye düşünüyorlar. Hoca gayet ciddi. O soruyu doğru yapan sınavdan geçecek. Öğrencilerden biri sınav kâğıdına şöyle yazıyor:

"Hocam, size çok bozuldum. Zira ne sorsanız cevaplayabilecekken şimdi sınavdan kalıyorum. Ama bir şeyi fark ettim... Hocalardan herhangi birinin adını, soyadını, memleketini, tuttuğu takımı sorsaydınız bilirdim. Çünkü onlarla bir çıkar ilişkim var. Ben o kadını yıllardır görüyorum ancak bir kere yüzüne bakmadım. Ben öyle bir adammışım ki çıkar ilişkim yoksa insanların suratına bakmıyor, selam vermiyormuşum... Size söz veriyorum, sınavdan sonraki ilk işim o kadının adını öğrenmek, her sabah ona adıyla selam verip günaydın demek olacak. Hocam, dersten kaldım ama sağ olasın..."

Bunu yazan öğrenci 50 üzerinden 50 puan alıyor, dersi geçiyor. Demek ki insanoğlu, işi düşmediği zaman karşısındakine tenezzül etmeyebiliyor. Onu küçümsüyor, hor görüyor, yüzüne bakmıyor. İşte bu kibirdir. Kibrin olduğu yerde iletişim mi olur? Kibir öyle bir şeydir ki her hayra engeldir. Öğrenmeye, öğretmeye, başarıya, takım çalışmasına... Bir ekibin parçası olabilmek için tek başına ortaya çıkıp bir şovmen gibi davranmaktan istifa etmek, kendi başıma hiçbir şey değilim diyebilmek gerek. Bu da ancak kibirden kurtulmakla mümkün.

Matematikte sıfır nasıl yutan elemansa, ahlakta da kibir yutan elemandır. Başarılı, bilgili, yardımsever, doğru sözlü çarpı kibir: eşittir sıfır. İmam-ı Gazzâlî kibrin, cennetin bütün kapılarını kapattığını söylüyor. Çünkü kibir, bir müminin taşıması gereken bütün güzel huyları örter. Öyle ki kendin için istediğini başkaları için isteyemez hale gelirsin.

Kibir son derece tehlikeli bir suçtur. Alçakların âdetidir. Mütevazı olanı yani tevazu sahibi olanı âlemlerin Rabbi yükseltir, yüceltir, kemale erdirir. Büyükleneni ise zelil eder. Kibirli kişi öyle biridir ki herkesin gözünde sinek gibidir, yalnızca kendi gözünde büyüktür. Bu, acınası bir haldir. Acınası dediğime bakmayın; kibir sahibi aslında belaya bulaşmıştır, fakat her ne kadar mahvolmuşsa da ağlayanı yoktur. Kimse kibir sahibine acımaz. Velhasıl dua edip Allah'a yalvarmak lazım: Ey Rabbim! Kalbimi kibirden temizle, haddimi bildir, aczimi bana idrak ettir… Bu noktada dönüp kalbimize bakmak, kendimizi kontrol etmek, nefis muhasebesi yapmak çok önemli. İşte *niçin* sorusu bu yüzden hayati.

Eyvallah hocam. Aslında konuştuğumuz her şey "niçin" sorusunu neden sormamız gerektiğine ve "niçin" sorusunun insanın tekâmül sürecinin olmazsa olmaz parçası olduğuna işaret etti. Ancak bu sayede rotayı takip etmek ve idrak sahibi, sözleri doğru, işleri iyi, ahlakı güzel birer insan olmak mümkün. Allah bizi böyle kullarından eylesin.

Âmin... İşte aile kurmak da kişiliğimizi güzelleştirmek, kişiliğimizi tamamlamak için bir fırsat. Bu yüzden Peygamberimiz (sav) "Evlilik dinin yarısıdır," buyurmuştur. (Hâkim, el Müstedrak, 2/175) Çünkü hem kadınlar hem de erkekler belki de ancak birbirlerine eş, çocuklarına anne baba olduklarında bazı duyguları deneyimleme imkânına sahip olurlar. Merhamet, sevgi ve şefkat bu yolla birçok insan için çok daha farklı bir anlama bürünür.

"İçinizden kendileriyle huzura kavuşacağınız eşler yaratıp aranızda muhabbet ve rahmet var etmesi O'nun varlığının belgelerindendir. Bunda düşünen insanlar için dersler vardır," ayetini hatırlattı söyledikleriniz. (Rûm, 30/21) Gerçekten aile kurmak tefekküre açılan bambaşka bir kapı.

3

Sair hatalar silinir, düzeltilir, telafi edilir, bu mümkündür. Fakat yanlış kişiyle, yanlış amaçla, yasak savmak için, desinler diye yapılan bir evlilik hüsranla sonuçlanır.

Kıymetli hocam, sizinle yeni kitabımızla ilgili istişarede bulunduğumda temel olarak iki noktayı öne çıkarmıştınız. İlki, hem yeni neslin hem de bizlerin *niçin* sorusunu sormuyor olmasıydı. İkinci olarak bu sefer aileyi konuşalım ve aile meselesinin üzerine eğilelim demiştiniz. Öyleyse soruyorum: *Niçin* aile?

Hayatımızın en önemli işlerinden biridir de ondan. İnsan bir işini seçerken bir de eşini seçerken hata ederse, telafisine bazen ömür yetmez. Sair hatalar silinir, düzeltilir, telafi edilir, bu mümkündür. Fakat yanlış kişiyle, yanlış amaçla, yasak savmak için, desinler diye yapılan bir evlilik hüsranla sonuçlanır. Çünkü genel kaidedir: Hissî ve nefsani işlerin sonu zarar ziyandır. İzdivaç da hissî ve nefsani davranmaya fevkalade açıktır.

İnsan genellikle gençlikte böyledir; duygular baskındır. Genç, makul olmaktan ve akıllıca iş görmekten epey uzaktır, tecrübesi yetersiz kalacaktır. Kendisinden daha tecrübeli olanların tavsiyelerine ise kapalıdır. Nitekim sadece gençler için değil, çoğu insan için de bu geçerli olabilir: Öğütte bulunulması pek kimsenin hoşuna gitmez. Gencin, kişiliğini ibraz etme, kişiliğini ortaya koyma derdi vardır. "Ben" demeyi, "ben farklıyım" demeyi sever.

Bütün bunlara benim itirazım yok elbette. Tabii ki farklısın ve özelsin genç kardeşim, fakat eskiler şöyle der: "Yorgun gözle at alınmaz, genç gözle kız alınmaz." Yorgunsundur, acil bir durum vardır, at pazarında gözüne ilk kestirdiğin atı alırsın. Buna benzer şekilde hemen duygusal bağ yakaladığın ya da bir tebessüm gördüğün kişiye de kapılabilirsin.

| Çünkü bir aşk acemisisindir.

Güzel söyledin... Bir aşk acemisisindir. "Akşamüzeri beşte pastanede tanıştık hocam," diyor hüsranla devam eden bir evliliği yürüten delikanlı bana. "Nasıl tanıştınız? Birbirinizi nasıl tercih ettiniz?" diye soruyorum. "İşte pastanede buluştuk," diyor, "birisi tavsiye etmişti, görüştük filan." Eee? Akşamüzeri beş; o saatte herkes güzel ve iyi. Bir de sabah beşte bakmalı.

Anasına bak kızını al atasözünü çok beğenirim ben. Evlat, annenin eseri. Çocuk, nasıl bir annenin elinde yetişmiş, anne onu hangi öncelikleri gözeterek büyütmüş, ona neler hissettirmişse; o çocuk hayatı boyunca o yolu takip edecektir. İnsan çocuklukta şekillenir. Bu şekillenme çok erken yaşlarda başlar ve biter. Yani yedi yaşına kadar, okul öncesi dönemde çocuğun temel taşları döşeniyor, istikamet belirleniyor ve bunu yapan başkahraman, başöğretmen de anne.

Aslında kendine eş seçerken sadece kendin için bir sevgili, bir yâren, bir yoldaş tercihinde bulunmuş olmuyorsun. İleride dünyaya gelecek çocuğuna da bir öğretmen seçiyorsun.

Sen güzel, kibar kelimeler kullandın. Şimdi buna partner deniyor. Kelime o kadar soğuk ki hiçbir derinliği yok. Bir şekilde beraber olmaya karar vermişsiniz ama sanki öyle bir şey ki bu, daha işin başında, "Anlaşamazsak ayrılırız," gibi eğreti bir yapıya çanak tutuyor. Çok da hassasiyet istemeyen, "Ayrılırsak ne olmuş canım," gibilerinden bir tutumu işaret ediyor. Halbuki yalnızca bir partner değil, çocuğunun annesini veya çocuğunun babasını seçiyorsun sen. İleride bu çocuk eninde sonunda sana dönüp soracak: "Bana layık gördüğün anne / baba bu mu?" diyecek. Bugün demese yarın diyecek! Belki de seni suçlayacak.

Çocuğun için bir anne ya da baba; kendi anne baban için bir gelin ya da damat seçiyorsun.

Gençler şöyle diyecek şimdi: Tamam anladık da ne yapalım yani? İhtiyarlar bize yol göstersin, onlar ne diyorsa onu mu yapalım? Bunu kastetmiyorum tabii, mesele o değil. Ama yerini dolduran bir büyüğün fikrini almaktan zarar gelmez, senin göremediğin fakat onun gördüğü çok şey olabilir. İnsanoğlu, başına bir şey gelmeden önce uyanmıyor. Mesela bakıyorsun, bir erkek, sadece dış görünüşe bakarak, sadece bunu gözeterek evlilik yapıyor... Fakat sonra görüyor ki o hanımefendiyle paylaşabileceği hiçbir şey yok aslında. Nitekim bu, zamanla açığa çıkıyor. Sarımsağı gelin etmişler, kırk gün kokusu çıkmamış. İşte bu yolun dönüşü zor.

Hele hele günümüzde evliliğe, sadece gelir cihetinden bakma hastalığı var. Bazen çevremde üzülerek görüyorum. Bir gelin adayından bahsederken, "Şu," diyor, "şu memuriyette. İki maaş olur, fena mı?" Eş adayını, hayat arkadaşını seçerken bile memuriyetinin ne olduğuna bakıyor. Âdeta kendi eliyle hüsrana uğramak ister gibi bir vaziyeti var. Bu gelin adayının doğru yolu göstermesi gerektiğini, çocuğun ilk mürşidi, ilk öğretmeni olduğu gerçeğini dikkate almıyor.

Nitekim okuldan, eğitim sisteminden, öğretmenlerin kalitesinden şikâyet eden anne babalarla oturup görüştüğümde, ben onları işaret ediyorum. "Asıl öğretmenin kendiniz olduğunu biliyor musunuz?" diyorum. Öğretmenleri eksik buluyorsunuz, belki de haklısınız ama öğretmen dediğiniz kimdir? Önce sizsiniz... Çocuğu okula nasıl bir duyguyla gönderiyorsunuz? Ona bu konuda neler aşılıyorsunuz? Çocuk sizden aldığı dersle, o istikamette okulu da öğretmeni de küçümseyerek gidiyor çoğu kere. Hele hele özel okullar bağlamında bu mesele büyük ciddiyet arz ediyor. Yani çocuk aşağı yukarı, "Öğretmen dediğin bana hiçbir şey söyleyemez," filan gibi bir psikolojiyle başlıyor okula. Öğretmen kaşını çatsa şikâyet edecek. Ev de buna çok müsait. "Parasını ben veriyorum," diyor ebeveyn. Böyle bir şey yaşansa okulu basar yani.

Şimdi şöyle bir durup düşünelim: Çocuğunuza sert davrandı diye şikâyet ettiğiniz öğretmen belki de çok haklı bir sebeple, iyi niyetle, düzgün bir şekilde, eğitimin gereği olarak, ona yüklenen pedagojik misyon gereği mahsus celalli davrandı. Bu durumu müdür de veliler de herkes de biliyor. Ama eğer şikâyet varsa, özel okulun müdürü ya da kurucusu bu öğretmene ne der? "Haklısın hocam ama kusura bakma yani..."

Benim kapıma veli getirme der. Böylelikle bu durum, göz göre göre iyi bir öğretmeni işsizliğe, belki de bunalıma sevk edebilir. Bazı okullar eğitim kurumu kimliğinden çok ticarethane kimliğini benimseyince ortaya böyle sorunlar çıkıyor ne yazık ki hocam. Bu çarpık bakış veliye de öğrenciye de sirayet ediyor.

Bununla alakalı klasik bir örnek vereyim. İleride devletin başına geçecek olan Şehzade Mehmed (Fatih Sultan Mehmed), Manisa'da talebeyken, hocası Molla Gürânî mahsus ona sert davranıyor. Allah Allah, öyle icap eder yahu. Bunda bir şey yok. Kaşını çatıyor, herkese iltifat ediyor da Şehzade Mehmed'i yok sayıyor. II. Murad'ın oğlu Şehzade Mehmed yok sayılmaya tahammül eder mi? Çok da zeki, her şeyi kavrıyor. Molla Gürânî'yi babasına, Osmanlı padişahı II. Murad'a şikâyet ediyor. "Senin oğlun olduğumu da unuttu sanki. Bizi adam yerine koymuyor. Kim bu? Gel de durumu düzelt," gibilerinden konuşuyor.

II. Murad ile Molla Gürânî görüşüyor. Veli toplantısı diyelim... Toplantıdan sonra Şehzade Mehmed'e bir ders vermek için bir senaryo, bir mizansen hazırlıyorlar. Koca padişah, devlet başkanı II. Murad dersi basıyor. "Sen benim oğluma nasıl kötü davranırsın?" filan diyecek oluyor ki Molla Gürânî masanın altına gizlediği sopayı kapıp II. Murad'ı kovalamaya başlıyor. Bahçeye çıkıyorlar, önde sultan arkada hoca, iki üç tur koşuyorlar. II. Murad akşamleyin şöyle diyor: "Oğlum, görüyorsun hocan çok sert, neredeyse beni bile dövecek. Gözünü seveyim dersine çalış da ben de kurtulayım."

Şimdi burada hocaya verilen misyonu bir tarafa not etmeli, "Acaba biz ne yapıyoruz?" diye kendine sormalıdır her anne baba. Buna verilecek cevabı tahmin ediyorum aslında. "Sanki öyle hocayı bulduk da..." filan diyebilirler. Fakat işin bir ortasını bulmak durumundayız. Şuradan başlayalım: Ey anne baba, çocuğun, "Ben öğretmen olmaya karar verdim," dese, sen çocuğuna aferin mi dersin yoksa onu haşlar mısın? Buradan öğretmene ve öğretmenliğe bakışımızı anlayabiliriz. Çoğu evlat böyle bir kararı ailesiyle paylaştığında azar işitir: "Hadi oradan sen de!" Çünkü onlara göre hâkim, savcı, doktor, mühendis, pilot, bilmem ne olmak varken, böyle idealleri benimsemek varken öğretmen olacağım diyorsa çocuk, vizyonsuzdur.

O çocuk hemen düşük profilli kabul edilir, böyle etiketlenir.

Bu tutumu destekliyorsan e kusura bakma ama öğretmen kalitesini sen belirliyorsun. Yani her sahada olduğu gibi evlenirken de, aile kurarken de, çocuğu yetiştirirken de, hayatla ilgili kritik kararlar alırken de *niçin* sorusunun hayati ehemmiyete sahip olduğunu hatırlamak gerek. Kiminle evleneceğine karar verirken, mevzubahis olan kişiyi niçin seçmeli, niçin seçmemeli diye düşünmeli, değerlendirmelisin.

Hocam, gençlerin zahire aldanarak eş seçme hatasına düştüğünü söylediniz. Bunun yanında örneğin bir delikanlının eş seçerken, aslında ileride doğacak çocuğunun annesini de seçtiğinden, bir anlamda evladının ilk öğretmenini tayin ettiğinden bahsettiniz. Anlıyoruz ki sadece sevmek, bayılmak yetmiyor. Peki ama hiç sevmeden de bir yuva kurulmaz, değil mi?

Kurulmaz elbette, evlilik bir gönül işidir. Sevmek gerekir.

Öyleyse eş seçiminde -hem kadınlar hem de erkekler açısından- başka nelere, hangi saiklere dikkat etmek lazım?

Değerleri olan, bunlara sıkı sıkıya bağlı, daha önce bahsettiğimiz gibi metafizik ürperti sahibi, hayatını anlamlı yaşamaya çalışan biri olmasına dikkat edilmelidir.

4

Allah ne istiyorsan, neyi gözetiyorsan, neye layıksan sana onu verir. Sen eğer hakikaten güzellik istiyor, Allah rızasını gözetiyor, iyilik arıyor ve bu yönde samimi dualarına devam ediyorsan, Allah'ın izniyle yolda kalmazsın.

Kıymetli hocam, diyelim ki birini gördük, gönlümüz ısındı, sevdik. Görünürde de bahsettiğiniz özellikleri taşıyor. Sorum şu: Evlenmeye nasıl karar vereceğiz? Çünkü daha önce de bu deli gönlümüz başka birine düşmüştü, sonradan yaşadık gördük ki her şerde bir hayır varmış; iyi ki onunla yürümemiş dedik mesela ve şükrettik. Yani sevdiğimiz kişinin evleneceğimiz kişi olup olmadığına nasıl kanaat getireceğiz?

Karar vermeyeceğiz yahu.

| Ne yapacağız hocam?

Karar veremezsin. Duanın yeri burasıdır işte. Allah ne istiyorsan, neyi gözetiyorsan, neye layıksan sana onu verir. Sen eğer hakikaten güzellik istiyor, Allah rızasını gözetiyor, iyilik arıyor ve bu yönde samimi dualarına devam ediyorsan, Allah'ın izniyle yolda kalmazsın. Biraz acı çeksen de bazı problemlerle karşılaşsan da son tahlilde ipi göğüslersin. Fakat niyetin bozuksa bu eninde sonunda karşına çıkar.

| Bir gün patlak verir.

Tabii, o teker patlar bir gün. Yani en başta hayat yolculuğunun tamamı için söylediğimiz kendini sorgulama meselesi var ya, o çok önemli. Burada özellikle niyetini check etmeli insan. Biri bana, "Ezber nasıl yapılır?" diye sordu. Önce neden ezber yapmak istediğine dair kararını sağlamlaştır dedim. Çünkü bu bir silahtır, bir silahı kuşanmaktır. Namluyu nereye çevireceğine, ne yapacağına, bu malzemeyi nerede kullanacağına düzgünce karar vermen gerekir.

| Bilim veya ilim tahsil ederken de öyle. Ona buna caka satmak için mi yoksa insanlara daha faydalı bir Müslüman olmak için mi bu yolu seçiyorsun?

İşte bunu evliliğe aynen tatbik et. "Vay be, ne evlilik yaptı bak!" desinler diye mi o kişiyle evleniyorsun?

Ya da "Mis gibi kızı kaptı. Bilmem kimin kızını aldı," desinler diye mi?

Bu gizlenmiş bir niyetse bile, eğer insanın içinde böyle bir duygu varsa, bugün değilse de yarın ortaya çıkar ve kişiyi pişman eder. Samimi olmak lazım. Asrımızın en büyük ihtiyacı samimiyet.

Bir de mantık evliliği denen bir şey var. Kastedilen yaklaşık şu: Karşı taraf için ayılıp bayılman gerekmiyor ama hayırlı, ahlaklı ise, iyi bir aileden geliyorsa evlenmek. Fakat bu, evlilik için yeterli midir?

Hiç sevmeden olmaz tabii.

Olmaz değil mi?

Niye olsun canım, insan yapmaz zaten öyle bir şey.

Şunu da çok duyuyorum ama hocam; benim gönlüm çok istemiyordu velakin annem ısrar etti, babam tamam dedi, oldubittiye getirdiler, evlenmiş bulundum. Bunun gibi hikâyeler de var.

Pek zannetmiyorum. Yani böyle örnekler vardır ama yaygın değildir. Bana göre evlenilecek adayda asgari değerler varsa, gönlünde bir yankı buluyorsa, meseleye başarılı-başarısız, zengin-fakir diye bakmıyor, helal-haram diye bakıyorsa, Allah'ın izniyle bunlar bir yola çıkmak için yeterlidir. Niyetlerin düzgün olması şartıyla, karşılaşılacak engeller tatlı tatlı aşılır. Şair şöyle diyor:

Her çi reft ez-ömr yâd-ı ân be nîkû mî-konend
Çehre-i imrûz der-âyîne-i ferdâ hoşest

Ömürden geçip giden ve geriye kalan her şey güzel bir surette anılır
Bugünün görüntüsü yarının aynasında güzeldir.

Yani bugün sana acı geliyor ama yarının aynasında o tatlı bir hatıra olacaktır. Yeter ki niyetin bozuk olmasın. Bak yine niyete getiriyorum mevzuyu... Niyet bozuk olursa, ne yaşarsan yaşa, nasıl yaparsan yap, o art niyet eninde sonunda açığa çıkar, işin cılkı çıkar, hayatını zehirlediğini görürsün. Kimseyi suçlamaya da hacet yoktur. Çünkü sen yaptın. Artistlik yaptın, numara yaptın, samimi göründün ama değildin, servet gözledin, hava atmanın derdine düştün.

"Öyle bir düğün yapacağım ki millet dudaklarını ısıracak," dedin. "Ben kiralık gelinlik giymem, en güzelinden, şu en pahalı kumaştan üzerime göre dikilecek," dedin. "Araba Mercedes olacak, aşağısı kurtarmaz," dedin. "Tektaş şu kadar karat olmalı," dedin. Bu esnada karşı tarafın maddi gücüne odaklandın ama helalinden kazanıp kazanmadığına bakmadın. Tabii biz aşırılığın yanlış olduğunu vurguluyoruz ama diğer taraftan kadının hakkı kadına muhakkak teslim edilmeli.

Hz. Ali, Peygamberimiz'in (sav) kızı Hz. Fâtıma ile evlenmek istiyor ve niyetini söylemek için Efendimiz'in (sav) yanına geliyor. Hz. Ali meramını anlatmakta zorlansa da, çekinip utansa da Efendimiz (sav) durumu

anlıyor. Nihayetinde pek memnun oluyor. Orada mesela, Hz. Ali'nin elinde maddiyat anlamında pek bir şey olmadığını bildiği halde, Efendimiz (sav) kızı için mehir istiyor. Hz. Ali de imkânım yok demiyor, gidip zırhını satılığa çıkarıyor ve bir Yahudi'ye satıyor. Düğün hazırlıkları böylelikle başlıyor. Hz. Osman çarşıda gezerken bir anda Hz. Ali'nin zırhını görüyor, hemen tanıyor. Onu satın alıp düğün hediyesi olarak Hz. Ali'ye veriyor.

Yine geldik mi niyete... Niyetin temizse su akıyor, yatağını buluyor.

| **Öyle vesselam.**

5

Görücü usulü, ismiyle müsemmadır. Evvela bir görürsün yani, görmek var. Sonra bu görüşüne senin göremediğini görecek insanların tecrübesi de iştirak eder ve karar kalitesi yükselir. Onların görmelerini yabana atma.

Hocam, röportajların klişe kalıbıyla sorayım. Bazı medya organlarında şöyle bir görüş beyan etmişsiniz: "Aşk evliliği her zaman çok sağlam olmayabilir. Görücü usulü evlilik daha güvenli, daha korunaklı bir evlenme biçimidir." Buna özellikle genç arkadaşlarımız...

İtiraz ediyorlar.

Yani intibak etmekte zorlanıyorlar.

Hadi öyle diyelim.

Bunu biraz açalım mı hocam? Görüşerek, tanışarak ya da yaygın tabirle anlaşarak evlenme işine neden biraz mesafeli duruyor gibisiniz?

"Görücü usulü" diye isimlendirdiğim için bir intibak güçlüğü, "Ne diyor bu hoca?" düşüncesi hâsıl olmuş olabilir. Ben görücü usulüyle evlendim ama evlendiğim kişi tanımadığım biri değildi, akrabamdı zaten. Bu usulde benim önemli gördüğüm, hayat deneyimi bizden fazla olan ve ikimizi de iyi tanıyan kişilerin, yani hem onun anne babasının hem de benim anne babamın görüşleriydi. "Ne derlerse onu yaparım, düşünmeme gerek yok," anlamında söylemiyorum. Örfe ve alışılagelmiş kalıplara göre baksaydık, hayli havalı bir üniversitede yüksek tahsilini bitirmek üzere olan ben ile ilkokul mezunu birinin evlenmesinin kabul görmesi mümkün değildi. Toplum nezdinde durum böyleydi. Ama bu dört insanın ittifakla bizi birbirimize münasip görmesini yabana atmak, akıllılık değil. Korkulan nedir? Ne yani, bu dört insan ellişer yıldan iki yüz yıllık hayat tecrübesiyle oturdular da bana kumpas mı kurdular? Bunu demek için çok insafsız olmak gerekir -ki yaşadıkça bu tercihimle ne kadar isabetli bir karar aldığımı da gördüm zaten. Hayatımın en önemli ikinci isabetidir kurduğum evlilik.

İlki nedir hocam?

Birincisi istikametimdir. "Lokomotifi yerleştirdiğim ray nereye doğru gidiyor?" Ona baktım. En önemlisi elbette istikamet. İkinci olarak da kurulan evlilik. İkincisinde, bahsettiğim iki yüz yıllık hayat tecrübesi destek oldu bana. Bunu nazar-ı itibara almasam, gençliğin hissiyatıyla hareket etsem şöyle diyebilirdim: "Abi ben filancayı beğendim." Tamam beğendin de Allah aşkına on sekiz yaşındayken insan neye göre beğenir karşısındakini? Makyajdır, süstür, giyimdir, havadır, tafradır. Normal yani insanın o yaşta bunlara kapılması, duygularına mahkûmdur çünkü. "Genç gözle kız, yorgun gözle at alınmaz," diyen onu kastediyor. Sen, güvenilir ölçülere sahip olan kişiler olmak kaydıyla, anne babanın görüşünü al.

Tabii şimdiki gençlerin şöyle bir problemi de var: Kendileri doğru istikameti tercih etse de anne babalarının hatalı yönlendirmelerine maruz kalıyorlar. Fakat böyle bir durumun olmadığını farz ederek söylüyorum bunları: Normal şartlar altında büyüklerini dinle, anla, onların sana vereceği mesajları dikkate al, değerlendir; sonra istersen yine bildiğini yap arkadaş, seni zorlayan yok. Ama şu gaza da gelme: Maalesef uzun yıllar boyunca toplumun öğretmeni Yeşilçam idi ve Yeşilçam filmlerinde görücü usulü karikatürize edildi. İnsanlar ailelerinin baskısıyla güya hiç görmedikleri, tanımadıkları birileriyle evleniyormuş falan filan. Baştan başa yalan. Görücü usulü, ismiyle müsemmadır. Evvela bir görürsün yani, görmek var. Sonra bu görüşüne senin göremediğini görecek insanların tecrübesi de iştirak eder ve karar kalitesi yükselir. Onların görmelerini yabana atma.

Bereket olur.

Evet, o da ayrı bir bahis tabii. İyi niyetli birkaç insanın bir araya gelip bir konu üzerinde istişare etmesi oraya bir rahmet inmesine vesile olur. Yani kibirlenmiyorsan buna müracaat edersin, bundan istifade etmek istersin.

Bir de "Peki hiç ortak yönümüz yoksa?", "Evlendiğim kişiyle ortak yönümün olmaması büyük bir risk değil mi?" diyor gençler.

Aman ya Rabbi! Ne büyük bir risk! O dört kişinin ne işe yaradığını zannediyorlar? Onların değerlendirdikleri servet falan değildi ki. Mizaç, ailelerin kültürü, yaşam biçimi, hayata bakış açısı noktasındaki uyuma baktılar, bunlardı öncelikler. Hal böyle olunca önünüz de açılıyor. Bu önceliklere rağmen ortaya mutsuz bir evlilik çıkabilir miydi? Mümkün elbette ama sebeplere yapışmak, tedbir almak diye bir şey var. İstişareden güzel tedbir mi olur yahu? Hz. Peygamber'in (sav) bir hadisini mealen hatırlatma yeri geldi galiba. Yemin ederek buyuruyor iki cihan serveri: "İstişare eden pişmanlığa uğramaz. İktisat eden fakirliğe uğramaz. İstihare eden hüsrana uğramaz." (Heysemî, Mecmau'z-Zevâid, II, 280)

İstişare bu noktada önemli. Elbette ileride ne olur kimse bilemez, çünkü gayba kimse hükmedemez. Ama iki insanın uyuşup uyuşmayacağını tecrübe bilir, görür. Tecrübe dediğimiz o iki yüz yıl işte bu demek. Bizde de tam isabet kaydetmişler. Söz konusu dört insanın dördü de hem beni hem onu çok iyi tanıyordu.

Sonra evliliğin sağda solda tanışmalarla, sözüm ona flörtle kurulması halinde ölçüyü koruyamama riski var. Bunu sadece ben söylemiyorum, yaşanan hadiseler de gösteriyor. Bakın, geçtim flörtü, iki yıl süren söz ve nişan sürecinde hayat arkadaşımı toplam dört kere gördüm. O da Ramazan ve Kurban Bayramlarında birkaç dakikadan ibaretti. Kendisiyle bir dakika dahi yalnız kalmam söz konusu olmadı. Büyüklerimizin nezaretinde resmî bir şekilde toplam yirmi kelime teati ettik. "Hoş geldiniz", "nasılsınız", "teşekkür ederim" kabîlinden sözlerle. Ben talebeydim, on sekizimden yirmime kadar iki yıl böyle geçti.

Şimdiki gençlere böyle yapın diyemem. Muhtemelen beni dinlemeyeceklerdir. Fakat bundan haberdar olmalarında fayda var. Verdiğim örnek asırlar öncesinden değil, henüz hayattayım. Ömrümün ilk üçte birinde cereyan eden bir şeyi anlatıyorum. Yani böyle bir şey var, mümkün, oldu. Sen buradan bir izah al kendine. Aylarca pastanelerde, orada burada, gezmelerde, tanışma görüşmeleri yapıyorlar. İyi de kardeşim, siz burada birçok noktada sınırı aşacaksınız. Kaçınılmaz bir şeyden bahsediyorum. İdare etmeyelim birbirimizi. Sonra ne oluyor? Hadi moda bir deyiş tercih edeyim: "Gizemi kalmadı." Birbirini çözdün ve artık işin bir lezzeti kalmadı.

Nasıl mutlu olacaksın? O evliliği nasıl yürüteceksin? "Pastanede gördüm, beğendim," meselesine geliyor iş. Daha önce de dediğim gibi, akşamüzeri beşti saat, bir de sabah beşte bakacaksın yahu! Yani normalde nasıl yaşıyor? Sana elbette süslenerek geldi. Sen de süslendin artist gibi.

Birbirinize numara yapıyorsunuz. Derler ya hani: "Sözlükte kız konuşur oğlan dinler. Nişanlılıkta oğlan konuşur kız dinler. Evlilikte ikisi birden konuşur komşular dinler." Başlangıçta herkes kusurlarını gizleyerek, şirin yanlarını öne çıkararak, gülistan gözüken hayatın dikenlerinden söz etmeyerek birbirini kandıracaktır elbette. Eğer büyüklerin tecrübesi iştirak etmemişse hayatına, olacak olan budur.

"Tecrübe ilimden üstündür," der İbn Sînâ. Tecrübe ilmi aştı. Gençlerimiz buna ihtiyaç duymadıklarını zannederlerse büyük hata ederler. Her zaman lazımdır. Bu yaşa geldim, en çok ihtiyaç duyduğum şey başkalarının tecrübesi. Bir kere bedeli ödenmiş, denenmiş.

Üstelik bedelini başkası ödemiş.

Evet, sen ödememişsin; sıfır maliyet. Böyle bir imkân varken niye değerlendirmeyesin? Akıl, her zaman lazım oluyor insana. Dakika başı hata yapıyorsun.

İnsan beşer durmaz şaşar
Eyler hata üçer beşer
Düz ovada yürür iken
Ayağını sürçer düşer.

Hataya açık varlıklarız, unutkanız. İnsan nisyanla var. Neyle kapatılır bu? Öncelikle ve özellikle aklı başında insanların istişaresiyle. Kendi tecrübelerimizi böyle emanet etmek istiyorum işte tarihe.

Peki hocam, "müspet manada flört" için ne düşünüyorsunuz? Biraz tuhaf bir ifade olduğunun

farkındayım ama diyelim ki ailemiz bize uygun birini bulamadı ve gönlümüz birine düştü. Ondan sonraki süreçte bu meseleyi en az zayiatla nasıl kotarırız? Bunun bir yolu var mı? Bir olurunu da bulalım bu işin. Herkese eşini annesi babası bulmayacak sonuçta. Kendi gördü, beğendi, pastanede bir defa görüştü, "sabah beşte", ondan sonra ne yapacak? Nasıl bir yol izlemeli sizce?

Sabah beşte olmaz o görüşme, imkânsız.

| **İlahi hocam... Peki bir büyüğümüz olarak ne tavsiye edersiniz?**

Gecikmeden, sulandırmadan, cıvıtmadan...

| **Bir an evvel diyorsunuz.**

Bir an evvel ama muhakkak istişare ederek hareket etmesini tavsiye ederim. Kendilerine yakın, durumu görebilecek, tecrübesi olan, aklı başında, hatır için değil de Allah rızası için konuşacak birini veya birilerini dinlemesi iyi olur. Büyük hüsranları, faciaları önlemek noktasında önemlidir bu tutum. Saydığımız özelliklerde birini bulan zaten çok şanslıdır.

| **Gerçekten öyle. Benden yaşça büyük bir tanıdığımız var. Almanya'da yaşıyor. Mütemadiyen oğlumu arar. Bire bir muhatap olur Yiğit'le, burstan sana da şu kadar ayırdım, der. İşte 50 euro 100 euro, ne kadarsa gönderir ona. Bir gün arayıp sordum: "Ya Ali abi, Yiğit'in paraya ihtiyacı yok ki, her**

ihtiyacını fazlasıyla karşılayabiliyoruz. Niye yapıyorsun bunu?"

Ali abinin (Ali Börek, ismi de geçsin kitapta, kulakları çınlasın) cevabı bilgeceydi: "Bunu, oğlunun sana açamayacağı bir derdi olursa başvurabileceği başka bir büyüğü olsun diye yapıyorum. Bana açılabilsin diye yaklaşıyorum ona. 'Ya Ali amca, ben şöyle şöyle bir şey yaptım, başıma şöyle bir iş geldi, bundan babama bahsedemiyorum, şu işi bir çözsek ya,' diyebileceği yakınlığı kurmaya çalışıyorum, bize karışma."

Evet. Bilgelik.

Böyle bir adama ihtiyaç var değil mi?

Tabii. Yani elbette zor bulunur, elmas gibi değerlidir ama yok değildir. Aranırsa bulunur. Kişi kendi aklına çok güvenmemeli, hislerine mağlup olmamalı. Bir insanın uzun süre, senin yumuşatmaya çalışarak söylediğin ilişki biçimine razı olması ve bunu tercih etmesi hafifliktir. Tanışma da bir yere kadar, abartmamak lazım. Ondan sonra artık hayırlısıyla rayına oturtup adını koymak gerekir. Yani ölçülere riayet etmek, sınırı aşmamak lazım. Şairin dediği gibi:

Edep bir taç imiş nur-ı Hüdâ'dan
Giy ol tacı emin ol cümle belâdan.

Edebimizi bertaraf edecek bir sürü etkiye maruz kalıyoruz. Sosyal medya, diziler, filmler... Az da olsa tesir bırakıyor insanda. Hele ki genç kardeşim, sen tam hedeflerindesin. Doğru olmayan şeyleri gözünde meşrulaştırabilir, onları hoş görmene zemin hazırlayabilir bunlar. Sen de o atmosfere kapılıp dönüşü olmayan bir yola girebilirsin. Ateşle barut derler ya hani.

Resmiyet iyidir, ciddiyet iyidir, mesafe iyidir. Yahu mesafe... Yolda yürürken adamın hanımıyla arasında bir mesafe olur ya. Karı koca bile olsan orada bir mesafe olmalı yani. Bazı şeyleri söyleyemezsin, istediğin şekilde davranamazsın arkadaş. Hududa riayet gerek.

Bir de nasırlaşır insan. Onunla bununla flört ederek doğru kişiyi ararken, sahip olduğu küçük latifeleri kaybetmeye başlar. Sonrasında gerçekten seveceği insana denk geldiğinde, kalbi nasırlaştığından ıskalar onu. Doğru mu?

Ar perdesinin yırtılması da diyebiliriz belki.

Anadolu'ya müracaat edersek öyle denir.

Ar perdesinin yırtılmamasına dikkat etmeli. Bir huduttur. Hakikaten giderse geri gelmez bahsettiğin letâif. Allah göstermesin. Ölçülü olmalı, çekinmeli.

6

Sofrada iki çeşit yemekten fazlasını görmeyen bir nesilden, on iki çeşitten azını kabul etmeyen bir nesle dönüşmek bir şaşkınlığa sebebiyet verdi.

Biraz da son yıllardaki evlenme ve boşanma istatistiklerinden bahsetmek istiyorum hocam. TÜİK'in raporlarına göre 2019'a göre 2020'de boşanma oranları üç puan düşmüş.

Öyle mi?

Evet ama evlilik oranları da düşmüş. Evlenen çiftlerin sayısı 2019 yılında 542 bin 314 iken, 2020 yılında %10,1 azalarak 487 bin 270 olmuş. Boşanan çiftlerin sayısı ise 2019 yılında 156 bin 587 iken, 2020 yılında %13,8 azalarak 135 bin 22 olmuş. Tabii bu sonuçlar için pandemi etkisi yadsınamaz deniyor. Yani tam olarak güvenilir bir veri olmayabilir çünkü pandemi vardı ve sağlıklı bir

süreç geçirilmedi. Fakat benim asıl odaklanmak istediğim şey evlilik yaşları.

Ortalama ilk evlenme yaşı 2020 yılında erkeklerde 27,9 iken kadınlarda 25,1 olmuş. Her iki cinsiyette de ilk evlenme yaşı artmış. Yani eğer bu hayırlı bir beklemeyse, bahsettiğiniz gibi niyetleri check etme, "Allah'ım, ben layıkıyla bir yuva kurmak için sabredeceğim," beklemesiyse 27,9'u öpüp başıma koyarım. Fakat bu bekleme, "Abi ben nasıl evleneyim? Düğün masrafını karşılayacak durumda değilim," şeklinde mağduriyetten kaynaklanan bir beklemeyse, o zaman burada bir felaket var demektir.

Yüzdelik üzerinden bir tahminde bulunursam, 80'e 20 maalesef, "Durumum yok," beklemesi bu bekleme. Yani maddi gerekçelerle, göze alamama sebebiyle beklemeler çok daha fazla. Etrafımdaki örnekler bana bunu defalarca gösterdi. Demek ki evliliği, evlilikle ya da saadetle ilgisi olmayan sebeplerle tayin ediyoruz. Böyle bir hastalığımız var. Masrafı karşılayamam diye evliliği geciktiriyor. Hele bu yaşlar bana çok garip ve yüksek geliyor. Şimdi toplumun ortalaması haline geldi neredeyse.

Tabii gençlerin olgunlaşma yaşı da arttı. Yani ben yirmi yaşındayken evlendim ama bunu bugün söylediğinizde karikatür gibi geliyor. Hakikaten de günümüzde oluru varmış gibi görünmüyor. O yaştaki hiçbir insanımızı günümüzde olgunlaştıramıyoruz... E tabii, o zamanla bu zaman aynı değil. Zamanın değişmesiyle hüküm değişir. Bugün o yaşta olup da bu yükü kaldırabilecek, buna tahammül edecek, göğüs gerecek kimse yok gördüğüm kadarıyla. Bunu yadırgamıyorum. Şartlar böyle artık. Bu da bizim realitemizdir. Telaş göstermeyeceğiz. Yani illa da bizim gördüğümüz gibi olsun diyemeyiz.

Örneğin benim eşim on yaşındayken ev işlerini yapan bir kızdı. O ev öyleydi. Gelenek öyleydi. Televizyonun karşısına oturup da saatler kaybeden insanlar yoktu. Evler sade, hayatlar sadeydi. Evlerimiz modern hayatın getirdiği, yaşamımızı kolaylaştıracağını düşündüğümüz ama pek de kolaylaştırmadığını gördüğümüz eşyalarla dolu değildi. Kenarı ipek dantelli havlulara abdest suyunun silindiği, elin kurulandığı bir saadet devri artık gerilerde kaldı. Ona döneceğiz gibi bir beklentiyle söylemiyorum bunları. Bugün elde olanı kullanmak, mümkün olduğu kadar dikkatli olmak, koşar adım felakete gitmemek, gaza gelmemek, etrafın baskısına boyun eğmemek dikkat çekeceğim hususlardır.

Eskisine nazaran gençlerin geç olgunlaşmasının da sebepleri var elbette. Bir kere gereksiz seviyede, fazla korumacıyız. Sürekli olarak çocuğumuzun konforunu, rahatını korumaya çalışıyoruz. Fakat bu, onun egosunu şişirme biçiminde gerçekleşiyor... Oysa buna kötülükten koruma denemez. Bu farkındalığımız çok zayıf. İkisini ayırt edemiyoruz. Örneğin bir anne, aman üşümesin, aman sıkıntı çekmesin diyerek yağmurlu havada servise giden çocuğunun yanında, elinde şemsiyeyle tık tık tık koşturuyor. Yağmur yese eriyecek sanki çocuk... Oysa bu denli konfora alıştırmanın, çocuğun hayatını nasıl zehirlediğinin pek farkına varamıyoruz. Burada hatamız var. Peki ne oluyor? Çocuk bir fanusun içinde yetişiyor.

Hem de bu fanus günümüzde sanal bir fanus...

Sanal bir dünyada, hep kendisine hizmet edilmesi gerektiğini düşünerek, konforundan asla taviz vermeyerek, hayatta iniş çıkışların olduğunu ve kendisinin de düşebileceğini kabul etmeyerek büyüyor. Kendini böyle bir varlık olarak kodluyor ki böylece egosunu besleyip şişiriyor. Bu, insanı kibre boğan bir arızadır. Bırak da çocuk acıksın yahu. Bırak da acıksın, Allah aşkına! Acıkmasına fırsat vermeden çocuğun ağzına bir şeyler tıkmak filan... Alışık olmadığımız, bize göre klasik olan dönemde karşılaşmadığımız manzaralar bunlar.

Oysa bu kadar ısrar niye? Üstüne bu kadar düşmek niye? Çocuk bu, acıkınca yer. Sen "yeme" desen de gece gider, buzdolabını soyar, yine yer.

Yani bu konuda çocuğa bu kadar baskı yapılır mı? Ne gerek var? "Ama ben görmedim, çocuğum görsün. Ben yaşamadım, çocuğum yaşasın..." İşte bu hastalık.

"Ben çektim o çekmesin."

Aynen öyle. Bu yaklaşım tabii hem yaşayış tarzında hem de eğlence kültüründe kendini gösteriyor, maalesef. Gecenin bilmem kaçında o genç kardeşimiz, dışarıda nasıl bir hayata alışıyor acaba? Ne tür hastalıklar kapıyor? Ebeveyn bunun farkında değil. Bu nasıl iştir?

Anne babaların işini zorlaştıran sebepler de var. Toplumun geneli için değil ama önemli bir kesimi için söz konusudur bu. Örneğin sofrada iki çeşit yemekten fazlasını görmeyen bir nesilden, on iki çeşitten azını kabul etmeyen bir nesle dönüşmek bir şaşkınlığa sebebiyet verdi. Biz biraz hızlı değiştik. Bu yüzden değişimlerimiz hep sersemletici oldu. Üzerimizde şok etkisi yarattı. Klasik biçimde cepten para harcamaktan çeke, çekten kredi kartına filan geçiş yaptık. Kredi kartı bedava gibi geldi, çoğu insan icralık oldu. Yani refah seviyesinin yükselmesi, hayat şartlarının değişmesi, etrafta kıyıcı bir rekabetin hâkim olması her şeyi etkilediği gibi evliliği, yuva kurma alışkanlıklarımızı da etkiledi.

7

Gayeden yoksun kalırsan hiç olursun, yaşamış olmazsın. Bir kurt gibi, bir solucan gibi, organizmadan ibaret kalırsın. İşte evlenmek ve aile kurmak insan olmak demektir, insanidir.

Tam burada bir şey sormak istiyorum hocam. Zamane gençlerinin şu an evlilik meselesiyle alakalı en çok sorguladığı şeylerden biri şu: Neden evleneyim ki? Gençlerin bir kısmı şöyle düşünüyor: "Ya ben neden evleneyim? Gayet mutluyum. Dünyayı gezmek, seyahat etmek, kitap okumak, kendimi geliştirmek, dil öğrenmek, iyi bir gelir düzeyine sahip olmak, kariyerimde yükselmek istiyorum. Neden evleneyim? Evleyim de başıma iş mi açayım? Beş sene boyunca borç mu ödeyeyim? Bunu kendime neden yapayım, derdim ne?" Aynı soruyu ben size soruyorum: Gençler neden evlenmeli?

Bir gencin bu soruyu dile getirmesindeki amaç niyetini sorgulamak değil de aktardığın gibi, "Ne gerek var canım! Rahatıma bakayım, dünyanın zevklerini tadayım!" tarzında bir çıkış yapmaksa durum felakettir. Yirmili yaşlarına geldiği halde, gündeminde evlilik ön sırada değilse, üzgünüm ama o kişi ahlaken korkunç bir haldedir. Kullandığım kelimeye özenmiyorum, özenmeden söylüyorum: Korkunç bir haldedir. Yani fücur normalleşmiş demektir. Birbirimizi idare etmeyelim şimdi. Senin karşı cinse ihtiyacın var. Bana süslü cümleler söylüyorsun; lisan öğrenmek, dünyayı gezmek, kendini geliştirmek filan diyorsun ama belli ki sen gayrimeşru bir yol bulmuşsun. Bunu ifade ederken de numara yapıyorsun. Çünkü istediklerinin hiçbiri evlenmene mani değil, bunları evlenince de yapabilirsin. Yani gel, içine düştüğümüz şu felaketi adam gibi kabul edelim de bir çözüm bulabilelim.

Tüm bunları bir Müslüman için söylüyorum tabii. Müslüman için evlenmek, dinin yarısıdır. Dininin yarısını kurtarmaktır. Eğer evlenmedi, evlenmeyi gündemine almadı, karşı cinsle ilişkisini meşru biçimde tanzim etmediyse, derdi bu değilse, iyi insanlar, hayırlı evlatlar yetiştirmek kaygısının uzağında kaldıysa, o kişinin evlilik meselesinden önce çok daha önemli sorunları vardır. Yani burada problem çok daha derinde. Eğer bu noktaya geldi ve tezinde ısrar ediyorsa insan, hakikaten evlenmesin. Yapacağı evlilikten de hayır çıkmaz.

Oysa dinimiz evlenmeyi teşvik ediyor. Evliliğin iffeti korumak, kişiyi haramdan sakındırmak, neslin

devamını ve huzuru sağlamak açısından ne kadar önemli olduğunu vurguluyor.

Maalesef biz toplum olarak bu noktadan çok fena bir gol yedik, hem de çok fena... 200 küsur sene önceye, Osmanlı Devleti'nin artık güçten düştüğü, işlerin kötüye gitmeye başladığı II. Mahmud dönemine gidelim. Ruslarla harp halindeyiz. Altı defa savaşmışız, altısında da mağlup olmuşuz. Bu da bizim tarihte pek dikkatle bakmadığımız bir husus, yani Ruslara hep yenilmişiz. Hatta bu yüzden Abdülhamid Han'ın dehasına işaret ederler. Çünkü Rus ile harp etmemek suretiyle her zaman selamette kalmayı başarmıştır ki asıl maharet odur.

İhtifâdır asumandan hamle-i merdânemiz
İnzivâdır düşmanımdan savlet-i şîrânemiz.

Ağır bir beyit oldu fakat kastedilen şu: Benim kahramanlığım harp etmemekte, benim felaketten kurtulmam köşeye çekilmekte, barışı yaşatmakta... Şimdi o zorlu dönemde Rusların çözemediği problemi çözen bir mektuptan bahsedeceğim. Rusların derdi Osmanlı'yı tamamen silmek. Toplumumuza bakıp, "Bu Müslüman Türkler ne acayip insanlar," diye düşünüyorlar, "yeniyoruz ama bir şekilde yine ayağa kalkıyorlar. Bunları bir türlü imha edemedik, bitiremedik!" Kısacası hayret ediyorlar.

Fener Patriği V. Gregorios bir mektup yazıyor Rus çarına. Türklerin dinî yaşayışını değiştirmeden, toplum ve devlet hayatındaki temel olguyu sarsmadan muvaffak olamayacağız diyor. Nedir o temel olgu? Türklerin dinlerine bağlılıkları, kadere rıza göstermeleri, padişaha duydukları itaat duygusu, liderin sözünü tartışmadan harekete geçmeleri. Sultanın iki dudağı arasında yedi evliyanın kerameti var derler, bu alışkanlığa sahip olmaları. Patrik, bu yaklaşımı değiştirmeden, yani sultanı ve kararlarını tartışılabilir pozisyona çekmeden istediğinize ulaşamazsınız diyor ve devam ediyor: Dinde, din anlayışında bir sapma, devlet yapısında bir sarsılma yaratmadan ve hepsinden önemlisi en sağlam kurumları olan aileyi, millî ve manevi değerleri yıkmadan Türk'e hiçbir şey yapamazsınız. Bütün gücünüzle buraya yoğunlaşmalı, onlara hissettirmeden bünyelerini tahrip etmelisiniz.

Patrik V. Gregorios bunu 200 küsur yıl önce yazdı. Şimdi dönüp etrafımıza bir bakalım. Neler oldu? Bu kadar mı isabet olur, bu kadar mı on ikiden vurmak olur! Allem edildi, kallem edildi, çeşitli gerekçeler üretilerek aile kavramını yok edecek ne varsa topluma egemen kılındı. Hatta en temel şey, insanın ontolojik vasfı, erkek ya da kadın olması tartışılır oldu. Şu anda on beş çeşit cinsiyetten söz eden ve bunu meşrulaştıran, aksine bir şey söyleyeni de homofobik diye tanımlayan bir dünyaya geldik. Bu gidişatı eleştirenler gerici diye yaftalandı. Evlilikten bahsederken ben çağın neresinde olduğumu, ne kadar gerisinde kaldığımı biliyorum. Biliyorum ama gericiysek sebebi var. Bile bile gericiyim yani. Ne diyor Necip Fazıl:

Zaman, korkunç daire; ilk ve son nokta nerde?
Bazı geriden gelen, yüz bin devir ilerde!

Bu, ilerlemek filan değil. Bu, çukura doğru, felaket uçurumuna doğru koşar adım ilerlemek. Çaremiz ailededir, çaremiz aileye sarılmaktır. Bu hakikate nasihatle seve seve gelmeyeni musibet döve döve getirtir. Lamı cimi yok. Birbirimizi idare etmeyi çoktan geçtik artık. Herkes başında veya içinde bulunduğu ailenin kıymetini, tartışılmaz değerini tekrar gözden geçirmek, bu hususta sıkı bir tefekkür yapmak, evlatlarımızın kuracağı yuvalar için hassasiyetle, yana yakıla dua etmek ve korku duyup her türlü tedbiri almak durumunda.

Şu denizyıldızı hikâyesi hoşuma gider: Adamın biri sahilde sabah sporu yapıyor. Yürüyor, koşuyor... Binlerce denizyıldızı sahile vurmuş; kuruyup ölecek zavallılar. Adam eğilip denizyıldızlarından birini tutuyor, denize atıyor. Arada eğilip eline bir tane daha alıyor ve onu da denize atıyor. Oradan geçen biri durumu fark edince adama yaklaşıp soruyor: "Bu kadar denizyıldızı içinde senin kurtardığın ne ki? Ne kıymeti var, ne değeri var?" Adam tutup bir denizyıldızını daha denize atıyor, "İşte onun için her şey değişti," diyor, "o, hayat buldu."

Yani sözümüz kime ulaşır, kaç kişide yankı bulur onu bilmiyorum ama hakikat bildiğimizi söylemek zorundayız. Bu kitap için aile hakkında bir kitap dedik. Bir kişinin kurtulması, bir denizyıldızının denize ulaşmasıdır. Çok yaygın olan bazı telakkilerin, alışkanlıkların, çirkin çirkin söylemlerin şer olduğu, insanlığın imhasına yönelik olduğu aşikâr. Kararımızı verelim. Etrafımızda bin kişi yanıyor diye hadi ben de yanayım demeyelim, yanmayalım. Allah dünyada ve ahirette bizleri ateşten korusun.

| **Âmin.**

Her şey yolundayken, sıhhatler yerindeyken, para pul varken böyle zevzeklikler edilir de, an gelir acze düşersin, kimsesiz kalırsın ve bir gün bakarsın ki sokakta seninle beraber afiş kaldıranlar etrafında yok. Yani arkadaş seçerken beni kabristana götürecek olan kim, tabutumu kaldıracak olan kim diye düşünmek zorunda insan, bunu tavsiye ediyorum.

| **Eyvallah hocam. Aziz Mahmud Hüdâyî hazretleri bir gün talebeleriyle beraber sandala binmiş. Boğazın bir yakasından diğerine geçiyorlarmış. O sırada talebelerden biri, "Efendim," demiş, "şu anda ölümle aramızda şu görmüş olduğunuz tahta kayıktan başka bir şey yok, değil mi?" Aziz Mahmud Hüdâyî hazretleri talebesine gülümsemiş ve şöyle demiş: "Karada o da yok evladım, karada o da yok..."**

Yani ölümle aramızda bir engel yok. Eskilerin dediği gibi, "İnsanı ölümden ancak eceli korur." Bize düşen de vademiz dolmadan, nefes sayımız bitmeden hayatımızı hakikatler doğrultusunda yaşamak, bu çizgiden sapmamaktır. Bu, aile kurarken de böyledir.

Ben kabristana gideceğim ve üzerime toprak atılacak, bu işin şakası yok. Aile de ona göre kurulmalı. Tercihen sizi sabah namazına kaldıran, hiç değilse kalkmanıza engel olmayan bir yol arkadaşı seçmektir evlenmek. Sabah namazı hayattır; o varsa hayat var, yoksa hayat yok. Birbirimize göz yummayalım artık. Yeter yahu. Yani o kadar enteresan, alışılmadık birtakım haricî etkilerle kuşatılıyoruz ki, yaygınlığı sebebiyle bir de geçerlilik kazanıyor. Evimizin içinde bunları konuşmaya başladık.

Gelinen nokta şu: Dışarıdan bakan biri evin içini ve hanımını göremesin diye akşam batarken kalın perdeyi çeken adam, otuz yaşındaydı. Bugün altmışına gelmiş, hanımının resmini çekip sosyal medyaya koyuyor. Hocalığım tutacak şimdi... Ne yapalım yani bu moda olduysa, yaygınlaştıysa? Ben Allah'ın kuluyum. Kıyamete doğru da gidiyoruz. İsrâfil aleyhisselam Sûr'u eline aldı.

Son düdük çaldı çalacak.

O halde tenezzül edip yazdıklarımızı okuma zahmetine katlanacak her bir kardeşime söylüyorum. Etrafındaki insanlara ve durdukları yere dikkat et. İnatla hak çizgisinin dışında kalanlar varsa onlara uyma. Çevrendeki insanlarla beraber hesaba çekileceksin. Unutma ki kişi sevdiğiyle beraberdir. Bin kişiden biri olabilirsin ama sen kurtulmayı, saadete ermeyi, güzel insan olmayı murat et, doğru yolu takip et, bu dert ile dertlen. İnsan, fıtratın karşısına dikilmemeli. Bütün bunlar Allah'a kafa tutma, ilahlık iddiasında bulunma densizlikleridir.

İşte geldik gidiyoruz... Benim yaşım geldi altmışa. Zaten akşam oldu. Akşamdan sonra gün uzamaz. Her diri ölmek üzere yaşıyor. Durakta tabut sırasını bekleyen yolcu gibiyiz. Neyin numarası, neyin artistliği bu? Neyin had aşımı bu? Aşma haddini. Haddini bilmek de insanıdır. Biz iyi insan olmak için geldik dünyaya. Daha da ötesini söyleyeyim, evliya olmaya geldin dünyaya yahu, onun aşağısında kalırsan kaybetmiş oluyorsun. Allah Allah! Yoksa dünya gelinecek yer mi Allah aşkına?

Dünyayı tarif ederken Hz. Ali şöyle der: "Kuşkusuz dünya, kaynağı çamurlu ve bulanık, güzel görüntüsüyle öldüren, gizemiyle çarpan, gururuyla engeller koyan, şaşaasıyla yok eden, gölgesiyle geçip giden, direğiyle eğrilen bir yerdir. Kendisinden nefret edeni, onu alıştırıncaya kadar korkutur, o yatışıncaya kadar durdurur. Ayaklarıyla tekmeleyerek tuzağına düşürür, ağlarıyla sımsıkı bağlar, öldürücü oklarını saplar."

Dünyanın hilebazlığını ne güzel tasvir etmiş. Hafız-ı Şirazi de dünya için şöyle demişti:

Pederem-ravza-ı Rıdvan be dü kendüne' bifaruht
Nâ halef bâşem eğer-men bece-vi me fürüşem

Türkçesi şu: Bir avuç buğdayı tercih edip cennetten ayrıldı benim babam, dünyaya geldi Âdem (as). Ben bu alçak dünyayı yarım arpa tanesine satmazsam babamın oğlu olmayayım!

Delikanlı adam bu dünyayı kale almaz. Gereğini yapar, üstünde yaşar ama gönlünü kaptırmaz ve onu yarım arpa tanesine satar. Alçak dünyadır, namı meşhurdur, dillere düşmüştür. Dünyâ-yı dûndur... İsteyerek geleceğim bir yer değildir yani. Bu kadar patırtının içinde ne işim var? Allah'ın kulu olarak Bezm-i Elest'te Rabbim ile tanışmış ve "Ben sizin Rabbiniz değil miyim?" diye sorduğunda, "Evet, elbette öyle!" diyerek tasdik etmişim. E dünyada yapacak bir işim, uğruna çabalayacağım bir amacım var demek ki.

Gayeden yoksun kalırsan hiç olursun zaten, yaşamış olmazsın. Bir kurt gibi, bir solucan gibi, organizmadan ibaret kalırsın. İşte evlenmek ve aile kurmak da insan olmak demektir, insanidir. Hoş organizmadan ibaret deyip geçiyoruz ama bazen hayvan topluluklarına baktığımızda aileye benzer yapılar görüyoruz da imrenerek, hayranlıkla seyrediyoruz. Civcivini yılandan koruyan tavuğa bir bakıyorsun, işe bak diyorsun, hakikaten insan olarak ben bu kadarını yapabiliyor muyum diye utanıyorsun hatta.

8

Hayatın her safhasında olduğu gibi bir aile kurarken de, o evliliği yürütürken de elzem olan şeyler şunlardır: kanaat, sabır, şükür.

Gençlerin neden evleneyim ki tepkisinin altında aslında başka şeyler de yatıyor hocam. Mevcut şartlar ve toplum beklentisi onları evlilikten soğutabiliyor. Peki, bu işin doğrusu nedir? Ölçü ne olmalıdır? Modern çağda bu doğruyu uygulamak mümkün müdür?

Elbette uygulaması çok zor. Ben işin doğrusunu söylerken, günümüz çağında el âleme rağmen itidalli olmanın ne kadar zor olduğunu bilmiyor değilim. Farkındayım ama doğruyu da söylemek durumundayım. Anam şöyle derdi: Doğruyu cehennemde mi söyleyeceğim? İnsan eninde sonunda doğruyu, hakikati söyler, telaffuz eder de bunu gönüllü bir şekilde mi yapar; nasihati dinleyerek seve seve mi yoksa musibetle dövüle dövüle mi uygular, belli olmaz.

Niye evleneyim diyen delikanlıdan başlayalım. Eğer bu kişi, günümü gün etmek kolaylığı varken niye evleneyim diyorsa, bu kayda değmez bir sefahat belirtisidir. Yazıktır. Onun evlenmemesi daha az zararlı olur. Evlenmesin. Ama eğer, çocuk yetiştirmek o kadar zor ki, düzgün bir evlilik sürmek o kadar zor ki diyorsa ve bunu mesuliyet bilinciyle söylüyorsa, bu çok haklı, asil bir duruştur. Haklı efendim. O kişiye, sandığın gibi de değil canım filan diyerek lüzumsuz kolaylaştırma terapileri yapmanın manası yok. Hakikaten zor bir şeyden bahsediyoruz. Ahlaka dair, maneviyata dair bir derdiniz, bir kaygınız varsa cidden zor. Ancak kardeşimiz buraları aşmış, hayatını bir düzene koymuş, eğrileri doğruları belirlemiş, bir yol çizmiş, hayırlı bir evlat yetiştirebileceği düzgün bir evlilik yapma planındaysa ona dair nasihatlerimiz, işaretlerimiz olabilir.

Görünüşe aldanma. Dedikoduya kulak verme. İnsanların vereceği hükme, insanların tutacağı alkışa bakma. Sen doğru çizgi üzerinde yürümeye, doğru olanı yapmaya bak. Mümkün olduğu kadar mütevazı ol. Hayatın her safhasında olduğu gibi bir aile kurarken de, o evliliği yürütürken de elzem olan şeyler şunlardır: kanaat, sabır, şükür. Yani mutlu olmak için çare budur, insan ancak böyle güzel yaşayabilir ve huzurlu olabilir. Sen hesabını insana vermeyeceksin ki... Ne yapalım yani öyle ya da böyle dedilerse? İnsanlardan çok da etkilenmemek, onları çok da ciddiye almamak gerek.

Belki de şöyle bakmak lazım: Topluluk, kalabalık genelde yanlışta bulunur. Çünkü hatanın, günahın bir cazibesi vardır. Bakıyorsun; nerede yoğunluk, nereye doğru bir hücum varsa, orada nefsani, şehvani, hayvani, behimi duygular öne geçmiş. Biz de diyoruz ki, kardeşim, evlilik başta olmak üzere hayatın bütün aşamaları bize sonsuz hayatta bir mekân hazırlar. Bundan bahsediyoruz. Evlilik ahiret işidir. Doğru yerden bak. Öyle bir sorumluluk ki bu... Şimdi kendini tek başına sevk ve idare edemiyor, kendine hâkim olamıyorsun. Evlendiğinde bir eşten ve bir de çocuktan, belki birden fazla çocuktan sorumlu olacaksın. İnsan bunu ürpertiyle karşılar. Bu yaşa geldim, hâlâ korktuğum bir şeydir: Acaba sorumluluğumu yerine getirebiliyor muyum? Eşimin ya da çocuğumun hakkına riayet edebiliyor muyum?

Evlilik masrafları ve geçim derdi de gençlerin gözünü korkutuyor. Hem hayat pahalılığı hem de insanımızın gösteriş merakı işi zorlaştırıyor. Buna modern hayatın dayattığı gereklilikler de eklendi mi İslami standartlarda, kanaatin hâkim olduğu bir yuva kurmak pek mümkün görünmüyor. Aslında kurulabilir ama genelde el âlem ne der düşüncesiyle hareket ediliyor. Hatta evlenecek kişi, insanların beklentisini kendi beklentisi bile sanabiliyor bazen.

Tabii bu "Nasıl evleneceğim?" meselesi de önemli. Konu komşu laf etmesin diye kıyamet gibi borca giriyor insanlar. Düğün yapılacak salonu tercih etmekten tut da eve doldurulan eşyalara kadar bitmek tükenmek bilmez taksitlerin altına giriyor. Oysa oturup salim kafayla, şöyle serinkanlı ve telaşsız bir şekilde on dakika düşünse, değerlendirse, görecek ki yapılan masrafların en az yarısı gereksiz.

| Yarısından fazlası bile olabilir hocam. Eskiden her şeyin tam ve eksiksiz olması gibi bir beklenti yoktu. İnsanlar yine zor şartlarda evlenirdi fakat belki de bu yüzden her şeyin tadı ve kıymeti daha bir başkaydı. Yoktu ama olan da çok tatlıydı. Tabii o zamanki imkânlar başka, bu zamanki imkânlar başka. Şimdiki sorun ayağını yorganına göre uzatmamak. "Hayatta bir kez evleniyoruz canım," ya da "Aman gözüm kalmasın," diyerek her şeye sahip olmak istemek.

Oysa bunun bir faydası yok. Ne yaptın şimdi sen? Kendi kendini bağladın. Niye? Desinler veya demesinler diye. İşte hayatı bu zehirler, mahveder.

| Yuvaların saadeti de bundan etkileniyor zaten. Daha başlangıçta ağır bir yükü sırtlamak zorunda kalan gençler evliliklerinin ilk zamanlarını borç ödemekle, kavgayla, gürültüyle geçiriyor.

Birilerini memnun etmek için ya da birileri konuşsun diye yaşarsan tüm hayatını da böyle geçirirsin. Başkasına göre ayar verirsin kendine, çok satıyor diye kitap okursun belki, reklamı çok yapıldı diye dizi izlersin. Hâlbuki dizi izlemek hafife alınacak bir şey de değil. Haftada en az dört saat harcamak demek. Adam o kadar zaman ayırıp çalışsa üniversiteyi bitirir. İşte hem vakti hem nakdi boşa harcamaya sebep olan, insanın hayatını boşa çıkaran, kişinin tüm enerjisini çalan böyle işler yüzünden, insanlar önem vermeleri gereken asıl işlerine yoğunlaşamıyor. Esasen hayatımızdaki önemi yüzde 80 olan işlere, enerjimizin ancak yüzde 20'sini tahsis ediyoruz.

Bir de "gözüm kalır" diye bir bela var, nasıl bir gözse bu... Misal delikanlı sadeliği tercih etmek, kredi çekip harama bulaşmamak, güzel bir evlilik yapmak istiyor. Ama bu sefer gönül verdiği hanımefendi buna razı olmuyor. Bu gözüm kalır illeti evlendikten otuz yıl sonra bile nüksedebiliyor, geçmiş gitmiş meseleler yeniden ısıtılıp masaya konuyor. Benim şunda gözüm kaldı, diyor hanımefendi, keşke bende de olsaydı vs.

Yani biraz da bu ekonomik sıkıntılar sebebiyle gençlerimiz evlenmekten çekiniyor. Asgari ücret veya memur maaşıyla çalışan bir delikanlı, o borçları zamana yaydığında yıllarca borç yükü altında eziliyor. Bunun düğünü var, kınası var, nişanı var, çeyizi var. Onlar bitiyor evleniyorsun, bu sefer balayı var, yani var oğlu var...

Yıllara sâri bir borç yükü, değil mi? Üstelik bu son, ta en başından tahmin edilebiliyor. Herhalde hayatını birleştireceği hanım kız da bu durumu öngörür. Yani bu konuda ilerisini kestirmek derin bir matematik bilgisi gerektirmiyor. Buna rağmen böyle bir zorlama ve ısrar varsa bu evlilik baştan sakattır, yani bu yuvayı kurmamak daha iyi olur.

Birinin senden öncelikli olarak beklediği şey maddiyatsa, o kişi imkânlarını zorlayarak seni kötü yola teşvik ediyor demektir. Özetle, "Çal çırp yap!" diyordur. E kusura bakma arkadaş, evlilik onun dediği şey değil yani. Evlenme daha iyi…

Burada sadece zevce seçilen hanımefendiden bahsetmiyoruz, yani kızın annesi de benzer bir tavır takınabiliyor ve bu tutumunu, "Ben kızım mutlu olsun diye uğraşıyorum. Kızım çile çekmesin, yokluk görmesin. Ben baba evinde nasıldım, evlenince ne hale geldim diye düşünmesin. Biz onun iyiliği için uğraşıyoruz," diyerek gerekçelendiriyor. Aslında "iyilik" böyle bir şey değil, bu daha çok pragmatik bir yaklaşım.

Doğru söylüyorsun. Düşünelim, burada iyilikle kastedilen nedir? Bir kimsenin her türlü maddi imkâna sahip olması, onun iyi hal üzere olmasını da sağlar mı? Elbette ki hayır, maddiyatın tek başına bir şey ifade etmediği aşikâr. Bu duruma örnek olarak yaşadığım bir olayı anlatmak isterim.

2002 senesinde -artık o bile eski zaman sayılır oldu ya, neyse- Necip Fazıl merhumun "Karacaahmet" şiiri merkezinde bir klip çekiyorduk.

Ebedî gençlik ölüm, desem kimse inanmaz;
Taş ihtiyarlar, servi çürür, ölüm yıpranmaz.

"Karacaahmet" böyle vurucu mısraları olan, ibret verici bir şiir ve o zamanlar klipler yeni yeni yaygınlaşıyor.

Tabii, şimdiki kadar havalı çekimler yapılamıyor. İşte eldeki imkânlar nispetinde çekim yapmak için biz de Karacaahmet Mezarlığı'na gittik ve mısralara uygun mizansenler hazırladık.

Deryada sonsuzluğu fikretmeye ne zahmet!
Al sana, derya gibi sonsuz Karacaahmet!

Şiirin bu ilk iki dizesi bir çeşmenin alnında yazıyordu. O çeşmede yüzümüzü yıkadık. Yerde sarı yapraklar, aylardan ekim, manzara duruma çok uygun. Boş mezara girip çıkıyoruz, kefen örtüyoruz, toprak atıyoruz... Nihayet, karınca kararınca yaptığımız ham çekimi tamamladık.

Kabristandan ayrılmak üzereyken yepyeni ve gösterişli bir mezar dikkatimizi çekti. Yakından bakmayı teklif ettim. Ekip kabul etti. Beraberce gittik. Epey zengin işi bir mezardı. Mezar taşını okuyunca anladık ki Türkiye güzellik yarışmasında ikinci olan hanım kızın kabriydi bu. İki ay kadar önce basında okumuştuk haberini, intihar etmişti. Daha on dokuz yaşındaydı. Gazetede, oturduğu evin fotoğrafını görmüştük, altına kayıkların girdiği bir yalıydı. Milyon dolarlarca değeri olan bir evde oturmuş. Evin tek kızıymış, çok büyük bir ihtimamla büyütülmüş, hep sevilmiş. Yani gözü hiçbir şeyde kalmamış. Bahsettin ya hani, anneler, "Ben görmedim kızım görsün," diyor diye. İşte bu kız her şeyi görmüş, doymuş. E şöhret desen var, Türkiye çapındaki bir güzellik yarışmasında ikinci olmuş. Daha ne olsun, değil mi? "Bu dünyada en çok ne istiyorsun?" diye o nesilden hangi gence sorsan alacağın cevap -sıralama değişse de- şu üçüdür: servet, şöhret, güzellik.

Herhalde bir genç bunları arzular. Ama üçüne de sahip olan kızımız mutsuzluktan intihar etti. Al sana örnek...

Yani şunu insanlara göstermek lazım. Güzelse güzel, meşhursa meşhur ama önemi yok... Okuyanlar belki, tarafgir konuşuyor diyecek ama geçenlerde düşündüm, sadece servetinden dolayı mutlu olan bir insan hatırıma gelmedi. Belki bana rast gelmedi, bilemiyorum. Fakat sanıyorum ki hem bahtiyar hem de servet sahibi olan biri varsa da onun mutluluk sebebi başkadır. Öte yandan meşhur, zengin ya da güzel olmadığı halde mutlu olan çok insan tanıyorum. Ömrüm boyunca mutlu insanların orta karar, mütevazı ve göze batmayan bir yaşantıya sahip olduğunu gördüm.

Acaba biz "iyilik", "mutluluk", "güzellik" dediğimizde ne kastediyoruz? Neresinden bakıyoruz hayata? Çok lüks bir evde oturunca, çok pahalı arabalara binince veya göz önünde olunca mutlu olmuyor insan. Düğünü çok şatafatlı olunca mutlu olmuyor. Gelinliği muhteşem olunca mutlu olmuyor. Gördüğüm bütün örnekler bunu teyit ediyor. Avukat olarak baktığım onlarca boşanma davası da bunu doğruluyor. Şu beklenti gerçekçi değildir: Şartlar değişecek de bir şey elde edeceğim de mutlu olacağım. Hayır efendim, öyle değil o iş.

Huzur adı var kendi yok bir Zümrüdüanka kuşu.

Aynı böyle. Huzur ve mutluluğun içeride bulunması gerek; insanın içinde varsa vardır, yoksa hiçbiri dışarıdaki şartların değişmesiyle elde edilemez.

Otursun yerine bende her şekil;
Vatanım, sevgilim, dostum ve hocam!

Şairin dediği gibi değerler manzumesi yerli yerindeyse, iç dengesi varsa, karşısındakini gerçekten hem seviyor hem sayıyorsa mutlu olabiliyor insan. Gördüğüm bu.

Evlilik sürecinde karşı tarafın, daha başlangıçtan itibaren altın, eşya, düğün vs. üzerinden sürekli maddi taleplerde bulunup ısrarcı olması, evlenecek kişinin erken uyarı sistemini harekete geçirmeli. Bir dakika deyip durmalı orada. Çünkü bu yaklaşım hiç de masum değildir. "Kız evi naz evi" anlayışı da örflere uymayı önemsemek de bir yere kadar... Söz konusu tutumun Türkçesi şudur: "Ben maddi unsurları önemsiyorum, hayata parasal açıdan bakıyorum. Paran kadar konuş!" Bana sorarsanız bu görüşten mutluluk çıkmasına ihtimal yok.

Bazen gelir düzeyi düşük biriyle evlenmeye evlat razı olsa bile ebeveyni bu durumu kabul etmeyebiliyor. Böyle çok örnek gördüm. "Maddi durumu belli, onunla evlenirsen perişan olursun," diyebiliyor aile büyükleri. Ya da anneler, "Rızam yok bu evliliğe. Sütümü helal etmem sana!" diye doğrudan karşı çıkabiliyor. Haliyle gençler de, "Bu durumda anne babamın sözünü çiğnemeli miyim?" diye soruyor.

Hiç tereddüt etmesinler. Eğer sair hususlarda genç kardeşimiz haklıysa; yani güzel, mukaddes, savunulur bir değerin peşinden gidip buna uygun bir tercih yapıyorsa annenin sütünü helal etmemesini, babanın hatır koymasını geçiniz. Çünkü anne baba çocuğun sahibi değildir. Geleneğimiz bize, kız evlada "kerime" erkek evlada "mahdum" diyerek bir ders veriyor. *Mahdum*, Arapça "hidmet" yani "hizmet" kelimesinden türemiştir ve manası da "hizmet edilen" demektir. Yani baba olarak esasen hizmetçisin. *Kerime* ise "baş tacı edilen, çok değerli" demek. Yani onun da hizmetçisisin. Evladına, "Fakir bu, evlenilmez," deme hakkın yok.

Bu gencin işi iki kat daha zor, değil mi hocam? Güzel bir niyete sahip ama bu sefer de ailesi, "Dairesi var mı, arabası var mı?" gibi sorularla evladını darlıyor.

Buna çok yakından tanıklık ettim. Bir gün bir yakınıma kız istemeye gittik. Allah'ın emri, Peygamber'in kavli ile dedik, aile büyüğünden aldığımız karşılık şu oldu: "Altının miktarı?" Bir anne babanın, damat adayına soracağı ilk soru bu mudur Allah aşkına? Ne yiyip ne içtiğini, helale harama riayet edip etmediğini, abdest namaz bilip bilmediğini sormak varken olaya doğrudan para pul zaviyesinden bakmak da ne demek! Büyük cahillik.

Altın miktarını soran aile büyüğünden, biz bu altını tedarik ettikten sonra gelelim, yanlış gelmişiz filan diyerek müsaade istedim. Fakat benim bu net tavrımın orada pek geçerliliği olmadı. Kız tarafının anne babası mevzuyu biraz daha sündürdü. Hatta nişan aşamasına bile geçildi ama sonrasında iş bozuldu. Çünkü evliliğe direkt para üzerinden, altın üzerinden bakılıyorsa buna evlilik değil, şirket kurmak denir. Ne bir manası vardır ne de sürecin tadı tuzu. Yani insanca yaşamak bu değil. Aileler evlatlarını böyle yönlendiriyor, ne kötü... O evlat ileride çocuk yetiştirecek. Ve bu çocuk yarın ya saadetinize ya felaketinize medar olacak. Galiba bunu kavrayamıyor bazıları. Bunu kavrayamayanın da zaten evlenmesine gerek yok. Emin olsun, evlenmemek şu duruma düşmekten iyidir.

Şöyle de diyebiliyor bir baba: "O kız ailemize yakışmaz. Ailemize yakışacak daha soylu, gelir düzeyi yüksek biriyle evlilik yap!"

Böyle söyleyen baba, babalık yapmıyor; zulmediyor, haksızlık ediyor ve nihayetinde çocuğunu felakete itiyordur. "Ahlakı uygun değil yavrum," diyorsa tamam. Ama soyunu ve zenginliğini engel olarak gösteriyorsa bir sorun var demektir.

Daha önce bahsettiğimiz örnekte kız tarafı maddeyi öne çıkardığında erkek tarafında erken uyarı sistemi hemen harekete geçmeli demiştik. Bu durum tersinden de caridir. Yani kız tarafı için de geçerlidir. O da alarmı dikkate almalı.

Anlayacağınız asıl mesele önceliğin ne olduğu. Neyi öne aldığınızı ben bilirim, diyor ya Hak Teâlâ, işte ona dikkat etmeli. Herkes, "Ben neyi öne alıyorum?" diye bir düşünmeli. Böyle bir sıralamada öncelik verilen madde ise bunun insan hayatına getireceği sıkıntılar hem dünyada hem de ahirette ölçülebilir gibi değildir. Allah'ı idare edemezsin, öyle bir şey yok yani.

Zaten Hz. Peygamber eş seçiminde nelerin cazibesine kapılmamamız ve neyi öne almamız gerektiğini söylemiş bize: "Kadınlarla (sırf) güzellikleri sebebiyle evlenmeyin. Güzellikleri onları helâk edebilir (hatalı davranmaya sevk edebilir). Onlarla malları nedeniyle de evlenmeyin. Malları da onları taşkınlığa (günaha) götürebilir. Fakat onlarla dindarlıkları sebebiyle evlenin…" (İbn Mâce, Nikâh, 6)

O baba, "Ahlakından, takvasından dolayı uygun görmedim," dese ya... Bunu demiyor da "gelirinden dolayı" diyor. Vallahi ben şunu gördüm: Düşük gelirli insanlar birbiriyle daha kolay geçiniyor. Her türlüsünü gördüğüm için bunu söylüyorum. Benim gelirim kimi zaman düşük kimi zaman yüksek oldu. Böyle iniş çıkışlarım olmuştur. Çok kazanıyorsun diye daha rahat yaşamıyorsun. Bir defa riskleri oluyor bu durumun. Amerikalı bir düşünürden bir şey okumuştum: "Giderler gelirleri karşılamak üzere artar," diyor. Daha para ele geçmeden gideceği yer belli oluyor. Hatta borçlu bile çıkabiliyorsun.

Babama sormuştum, "Zengin kime derler?" diye. Babam filozoftur benim. "Bak evlat, önemli olan kazancının ne olduğu değil," diye girdi söze. "Zengin, kazandığından az harcayandır; fakir ise kazandığından çok harcayandır. Farz edelim ki elli bin kazandın, elli beş bin harcadın. Bu durumda fakirsin, battın yani sen. Öte yandan üç bin kazanıyor ama iki bin dokuz yüz harcıyorsan zenginsin," dedi.

Kısacası hayata bakış açımızı değiştirmek önemli; her sahada, özellikle de evlilikte. Öncelediğin şey maddi refah olursa bu Gayretullâha dokunuyor. Hadi adını tam koyalım. Allah'ın gayretine dokunuyor. Yani rızık Allah'tan azizim. Sen kendini ne zannediyorsun, ne yapmayı planlıyorsun?

Bir de bugün zengin ama yarın böyle devam edeceğine dair elinde bir senet mi var?

Kim söyledi? Nereden bilinebilir? Geliri çok yüksek -hadi rakama dökelim- elli bin dolar diye evlendin diyelim. Âlemlerin Rabbi evliliğin ikinci yılında sana bir dert verir, beş yüz bin dolarla kurtaramazsın. Battın mı battın... Yani biz mülkün sahibi değiliz arkadaş. Biz kuluz ya kul! Biz aciziz ya! Boynundan beynine on bin çeşit hat gidiyor. Biri tıkansa ya delisin ya ölü. Neyin artistliğini yapıyorsun?

"Allah'ın emri Peygamber'in kavliyle…" Örfü alacaksan buradan al. Kız nasıl istenir, bir evlilik nasıl kurulur gösterir sana. Evliliğin temeli atılırken söylenen ilk cümle: "Allah'ın emri, Peygamber'in kavliyle." Bu emirde zengin olsun kaydı var mı? Yok.

Peki, iki tarafın da ahlakı düzgün diyelim, böyle bir durumda bir tarafın daha zengin olması problem teşkil eder mi?

E, onda bir sakınca yok tabii. Rivayetle işittim: Bir ilim sahibine talebeleri istişare amacıyla, "Filancanın kızı ile falancanın oğlunun evlenmesi uygun mu?" diye sormuş. Üzerine konuşmuşlar. Söz bitince de talebelerden biri, "Efendim dünya işi için vaktinizi işgal ettik," demiş. Âlimin cevabı ise şu olmuş: "İşgal etmiş olmazsınız, evlilik ahiret işidir."

Bu âlim, hikmetli sözleriyle aynı mecliste bir ders daha vermiş. "Efendim, oğlan tarafına nispetle kız tarafı biraz varlıklı. Acaba ne buyrulur, ne dersiniz?" diye kendisine sual edilince, "Şartlara uyar yani kitabımıza, dinimize uygun bir evlilik tesis etmeyi kabul ederlerse, zenginliği mahzur teşkil etmez. O kusur göz ardı edilebilir," demiş.

Denkliğin dindarlık ve takvada aranması gerektiğini ne de güzel vurgulamış. Siz de yukarıda bir örneğini vermiştiniz, Peygamber Efendimiz (sav) tavsiyeleriyle bu konunun üstünde epey duruyor. Şöyle bir hadis var: "Dinini ve ahlakını beğendiğiniz bir kimseden teklif aldığınız takdirde onu (kızınızla) nikâhlayın. Böyle yapmazsanız, yeryüzünde fitne ve bozgunculuk çıkar." Resûlullah'tan (sav) bu sözü işiten sahabe, "Ey Allah'ın Resûlü! Eğer o kimsede (denklik bakımından bir eksiklik) varsa?" diye sorunca Hz. Peygamber (sav) aynı sözü üç defa tekrarlıyor. (Tirmizî, "Nikâḥ", 3; Şevkânî, VI, 145) Söz kadar bu tekrar da beni çok etkiler. Aması yok yani işin.

Bir de sanıyorum ki kefâet yani denklik meselesi yanlış anlaşılıyor. İlimde, mal mülkte vs. denklik

denildiğinde farklı bir açıdan bakmamız gerektiğini hissediyorum. Örneğin maddi açıdan denk olmaktan bahsederken bir ülkenin gayri safi millî hasılasını hesaplayıp diğer ülkelerle kıyaslar gibi değerlendirmelere başlıyoruz. Oysa burada malla olan münasebetteki denklik, dünyalığa bakıştaki denklik de kastediliyor. Ama bizler nedense sadece müstakbel karı kocanın maaşları birbirine yakın mı değil mi onu konuşuyoruz.

Biri sordu: "Namaz kılarken kalbimi toparlayamıyorum, Huzûr-ı İlâhî'de olduğumu idrak edemiyorum. Bu gafletin ilacı nedir?" Cevap şu: Allah'ı yemek yerken ne kadar zikredebiliyorsan namazda da o kadar zikredebilirsin. Dolayısıyla evliliği kurarken rıza-ı İlahi'yi gözetirsen devamında da bu niyeti taşırsın. İşin başı niyettir. Hadis-i şerifte söylendiği gibi: "Ameller ancak niyetlere göredir." (Buhârî, "Bed'ü'l-vaḥy", 1; Ebû Dâvûd, "Ṭalâḳ", 11)

İşte burada da mühim bir amelden, evlenmekten bahsediyoruz. Bu amelin ömrüne sâri sonuçları var. Her gününü seçtiğin o kişiyle geçireceksin, onunla hukuk tesis edeceksin, onunla birlikte ebeveynlik yapacaksın ve daha nice şey… Ama sen tüm bunları bir kenara bırakıp para pula bakıyorsun öyle mi? Sen bu kadar önemli bir kararda altın diyorsun, koltuk diyorsun öyle mi? Ya bir utan, bir dur da düşün. Yoksa yarın mahcup olursun.

Şöyle söylerler: Kim olduğun önemli değil, kiminle olduğun önemli. Çok önemli bir bürokrat arkadaşıma ve oğluna bu sözü söylemiştim. Çocuk evlenme hazırlığı içerisindeydi. Babası bu sözümden sonra biraz da ürpertiyle, "Hanım buna dâhil mi?" diye sordu. Elbette, dedim, hem de başta gelir. Yâr diyorsun; yol arkadaşı, refik diyorsun. En önemlisi o. Kötü bir evlilikten daha fena bir felaket öyle kolay kolay bulunamaz. Hayat arkadaşı en önemli mevkiyi işgal eder, her türlü dikkati göstermek gerek. Burada korkmak, titizlenmek boşa gitmez. Büyüklerimiz, insanın bu konuda derin derin düşünmesinin, ömrü boyunca geçinebileceği kişiyi yorulana kadar aramasının lazım geldiğini söyler. Tabii niyetini mutlaka ıslah ederek.

Ben evlenecek bütün gençlerimize bunu hatırlatmak istiyorum: Cenâb-ı Hakk'ın hatırını gözeten aziz olur. O ihsan eder, mahcup etmez. İşin kolayına kaçmasınlar. "657 sayılı Devlet Memurları Kanunu'na tabiyim, eşim de öğretmen olsa kolay olur," demesinler. Yani eşin öğretmen olsa da olur olmasa da olur ama evlilik böyle mi kurulur? "Ben doktorum eşim de doktor olsun." Böyle bakınca karı koca değil, iki doktor olursun işte. Artık bir de muayenehane açarsınız.

Yani yaptığın şeye artık evlilik denemez. Türk Hava Yolları'nda, "Thank you for your cooperation," diye bir anons yapılır. Bu tarz çiftler de birbirine ancak bunu diyebilir herhalde: "İş birliğiniz için teşekkürler."

Doğru, buna iş birliği denir. Şirket kurar gibi hareket ediyoruz. Her işimize böyle bakıyoruz da aslında başımız ondan ağrıyor. Cami yapmak üzere inşaat ruhsatı alırken binanın altına dizeceğimiz dükkânların geliriyle ilgili bir hesaplama içine giriyoruz. Sonra da bu bütünü sevk ve idare etmek için bir işletme mantığıyla tayin edilip müdür oluyoruz filan... Şimdi böyle baktığın zaman cami camiye benzemiyor. İçinden çıktığında caddeye basıyorsun, huzur yok. Neyi öncelediğin orada da kendini gösteriyor. Yani sen Allah rızası için bir ibadet mahalli tesis etmek maksadıyla, vakıf anlayışıyla hareket etmiyorsun; işin girdisine çıktısına bakıyorsun. Buna bakarsan ne olur? Girdi sağlayamadığında kapatırsın.

Bir camide program çekerken bahsettiğiniz gibi biri gelmişti yanımıza. "Ben bu caminin işletmecisiyim," demişti. İnsanın, "Zarar ederse kapatacak mısın?" diye sorası geliyor ama diyemiyorsun tabii. Sosyal medyaya baktığımda gençlerin bu zihniyeti çokça eleştirdiğini görüyorum. Tutarsızlıkları dile getiriyorlar. "Camiye iki yüz elli bin lira değerinde avize takılmış ama altında fakirler için dua ediliyor," diye yazmış mesela biri.

Aferin, doğru tespit etmiş. Kendimizi tenkit ederken de makul olalım. Ayağımız yere bassın. Yapılan bir cami. Allah rızası için ibadet edilecek bir yer. Bir kere mescitler kişinin mülkü olmaz. Cin Sûresi'nde geçiyordu: "Mescitler şüphesiz Allah'ındır." (Cin, 72/18) Hatta bilirsin, Ebû Hanîfe'nin talebesi Ebû Yûsuf da bu ayetten hareketle bir fetva vermişti, Zübeyde geceyi Allah'ın mülkü olan mescitlerden birinde geçirsin diye.

Şu hikâye değil mi hocam? Abbâsî halifesi Hârûn Reşîd ve karısı Zübeyde bir gün tartışıyor, sonra tartışmanın kızıştığı bir anda Hârûn Reşîd öfkeyle, "Benim mülküm olan yerlerde bir gece daha kalırsan, benden talak-ı selase ile boş ol," diyor. Tabii sonra, sakinleştiğinde, pişman olup boşanmaktan vazgeçiyor. Ama söz ağızdan çıktı bir kere. Eğer Zübeyde o gece, onun hükümdarlık yaptığı topraklarda kalırsa, boşanma şartı gerçekleşecek ve evlilikleri sona erecek. Bunun olmaması için Zübeyde'nin sabah olmadan başka bir memlekete gitmesi gerek. Fakat o zamanın şartlarında böyle bir imkân da yok. Hârûn Reşîd endişe içinde evliliğini kurtarmak için çözüm ararken nihayet Ebû Yûsuf'a danışıyor. Ebû Yûsuf da dediğiniz ayete atıf yaparak Zübeyde'nin o geceyi mescitte geçirmesini söylüyor.

Aynen öyle, çünkü mescitler Allah'ın mülkü!

9

Kavga iki diri arasında olur.
Biri ölünce hoş geçim olur.
İkisi de ölünce aşk olur.

Gençlerin niçin evlenmesi gerektiğini, eş seçiminde dikkat edilecek hususları konuştuk. Bu bağlamda anne babaların tutumlarına da değindik. Şimdi dilerseniz bunu biraz daha genişletelim ve kurulmuş bir yuvaya odaklanıp aile içindeki dengeleri konuşalım hocam.

Siz avukatlık mesleğiniz hasebiyle de çokça şahit olmuşsunuzdur. Yolunda gidebilecek evliliklerin bitmesinin müsebbipleri anne babalar olabiliyor. Özellikle kayınvalidelerin müdahaleleri malumunuz. Ebeveynlerin geçmemesi gereken sınır nedir ve bu hat gençler tarafından nasıl çizilebilir?

Anne baba çocuğun sahibi değildir demiştik. Gerçekten herkes bunun bilincine varmalı. Ey anne baba! Sen sadece emanetçisin, Yaratıcı değilsin. Bu gerçek hatırlandı mı sınırlar zaten belli olur ve kimse haddini aşmaya cesaret edemez. Ama işte insan hem unutkan hem de yaptıklarına kılıf bulmada usta bir varlık. Örfümüz böyle, âdetimiz şöyle diye diye çeşitli müdahalelerle aileler yıpratılıyor. Esasa dair bir kusurun olmadığı evliliklerde fark ediyoruz ki anne babalar bu tarz bahanelerle aslında kendi zaaflarını öne çıkarıyorlar. Evlenen çocuklarının elden çıktığı endişesiyle hareket ediyorlar. "Eyvah, gitti çocuk! Artık başkasının çocuğu olacak," vehmine kapılıyorlar. Bazen doğrudan bu cümlelerle endişelerini ifade ettiklerini görüyoruz.

Misal, evladını elden kaçırma, kaybetme korkusu duyan bir anne; oğlunun, kayınvalide ve kayınpederiyle iyi anlaşmasından sıkıntı duyabiliyor. Yahu buna sevinsene sen ya! Bu güzel bir durum yani. Ama tabii nefis devrede; şeytanın da işi yok zaten, vesvese vererek bu güzel hadiseyi ona çirkin gösteriyor.

Ne yazık ki sıkça görüyoruz bu örneği ki ben de çok yaşadım. Erken yaşta evlendim. Hanıma ve ailesine gösterdiğim ilgi bazen annem tarafından yanlış okundu. Durumu idarede epey zorlandım. Yokuşlara sürüldüm. Ama herkes bir yolda sınanacak tabii, herkes bir sabır imtihanından geçecek. Bu da benim imtihanımdı.

"Anne babalara ne söylemek lazım?" şeklinde soruyorsun. Cevaben tekrar ediyorum: Had bilmek önemli. Çocuğun sahibi değilsin; her işine karışamazsın, karışmamalısın. Ayrı bir kişiliktir, bir hüviyettir. Hayatı düzgün giderken, harama bulaşmadan işiyle meşgul olurken sen kalkıp kenardan diyorsun ki geleneğimiz böyle, âdetimiz şöyle falan filan... Bu hadsizliktir, haksızlıktır. Bunu yapan anne baba, çocuğuna zulmetmiş olur. Anne babanın evlat üzerinde hakkı var tamam ama evladın da anne baba üzerinde hakkı var. Yani o da hesaba dâhil. Niye karışıyorsun, niçin çomak sokup gereksiz yere huzuru bozuyorsun?

| **Kendi oğlunun huzurunu kaçırıyorsun. Arada kalıyor garibim. Bir tarafta eşi, bir tarafta annesi... O da ne yapacağını bilemiyor.**

Burada delikanlıya düşen ciddi bir görev var tabii. Biraz idare etmeyi bilmesi, idareci olması lazım. Ortada bir zaaf var. Bunu dikkate alması gerek. Özellikle anneler çok korkuyor. Paylaşma korkusu duyuyorlar. "Gelin, oğlumu elimden aldı, hayatımıza ortak oldu, artık ben gözden düştüm," gibi bir endişeye kapılıyorlar. Bu besbelli abartılmış bir duygu patlaması ama çok sık vaki oluyor. Yani anlattığım durum istisnayı temsil etmiyor maalesef. Böyle bir vaziyette delikanlı bazen annesini bazen hanımını kandıracak, yani gönül alacak...

| **Politika yapacak diyorsunuz.**

Başka çaresi yok. En azından bu kadarını becermeli. "E siz becerebildiniz mi?" dersen, ne şiş yansın ne kebap derken hem şişi hem de kebabı yaktık. Çok ızdırap çektik, yorulduk. Bu da bizim bir imtihanımızmış. Böylece bir şeyler görüp öğrenerek tecrübe biriktirdik. Bu sayede, sorunlarına çözüm bulmak için ileride bize müracaat edeceklere verilecek akıl toplamışız. Nerede ne hikmet var, başına gelenin sana ne faydası var bilemiyorsun işte. Hani yukarıda söylemiştik ya, "Bugünün görüntüsü yarının aynasında güzel," diye. Bugün acı çekersin ama o acı daha sonra karşına bir nimet olarak çıkar, mazide tatlı bir hatıra olarak kalır. Ona da ihtiyacın vardır. Her gün bal yese insan baldan bıkar. Izdırap ve acılar da hayata dâhildir ve sanılanın aksine bunlar mutluluğa engel değildir.

Mutluluğu yanlış tanımlıyoruz. Lay lay lom bir hayat yaşamak, hep eğlenmek değildir mutluluk. Acıyı sabırla, tatlıyı şükürle karşılamaktır. Allah ile arayı iyi tutarak, ondan gelene razı olarak yaşamak, işte asıl mutluluk budur.

Neticede her hareketimiz hesaba tabidir. Yaptıklarımızdan mesulüz. Sorumluluğumuz büyük; zaaflarımız, hatalarımız da çok. İnsanız. Burada empati devreye giriyor -kullanmayı sevmediğim bir kelime ama literatürümüz yeterince güçlü olmadığı için mecburen müracaat ediyorum bu kelimeye.

"Anadolu'da," diyor, "empati kelimesinden kimse anlamaz. Empati de Anadolu'da bilinmez. Bizim dilimizde o şöyle karşılık bulur: Aynısını anana bacına yapsalar hoşuna gider mi?"

Gayet güzel.

"Empatinin Anadolucası budur," diyor. Esasen Efendimiz'in (sav) bir sözüdür de bu. Öyle nasihat etmiş: "Evladım, aynısını kız kardeşine yapsalar sen buna razı olur muydun?" Bu söz Anadolu'da böyle dile gelmiş, böyle geçmiş hayatımıza.

Ben aynı manayı karşılayan alternatif bir ifade bulamamıştım, bu çok güzelmiş. İşte belki anneler de, "Bana veya kendi kızıma yapılsa hoşuma gider mi?" diye düşünmeli. Annesi böyle düşünemeyen bir delikanlı ise, annesinin hangi zaafının tesiriyle hareket ettiğini anlamaya çalışmalı. Görünenin arkasına bakmak çoğu kere çözer işi. Zahiri çok ciddiye alıp telaş etmemeli. Anne bu şekilde paniğe kapıldıysa belli ki işin arkasında bir duygu arızası veya bir yanlış anlama var. Bu durum baştan görülürse yaşananlar tebessümle karşılanabilir.

| **En azından kişi neyle mücadele etmesi gerektiğini doğru teşhis etmiş olur.**

Evet. Bu şekilde akıl yürüterek meselenin esasına ulaşılmalı. Terazinin diğer kefesine geçelim. Delikanlının, hanımıyla arasında bir gerginlik varsa bir düşünmeli: Acaba refikası kendisine değer verilmediği vehmiyle telaşa düşmüş olabilir mi? Vehim dedik ama bu vaziyetteki bir adam evvela hanımına karşı davranışlarını bir gözden geçirmeli.

Refikan, yoldaşın o senin. Samimi olarak onunla ilgilenmelisin. Onu önemsemeli ve bunu ona hissettirmelisin. Zaten bu dünyada başka kime değer vereceksin? Hanımına kötü davranan bir adam öncelikle resmen ahmaklık yapıyor. Hayat arkadaşını yorarak, hasta ederek kendine bir iyilik yapmış olmuyor ki! Ömrü boyunca sıkıntısını kendisi çeker.

| **Ama siz böyle konuşunca bazıları, "Ya hocam siz de çok gaz veriyorsunuz, ondan sonra hatunları zapt**

edemiyoruz. Öyle sevgini çok da göstermeyeceksin," filan diyorlar. Sevgi göstermek, çözüm bu mu gerçekten?

Kesin olarak çözümdür azizim.

"Kulağa çok hoş, romantik geliyor ama uygulanabilir, sürdürülebilir değil," diyen bir tayfa da var.

Valla o tayfa tövbe istiğfar etsin. Resûlullah (sav) ne buyurdu? "Müminlerin iman bakımından en olgun olanları, ahlakı en iyi olanlarıdır. Sizin en hayırlılarınız da hanımlarına karşı en iyi davrananınızdır." (Tirmizî, Radâ', 11)

Ben burada bildiğim, etrafımda gördüğüm standart bir Müslüman Türk aileden söz ediyorum. Yani biz Batı toplumunun kriterleriyle kendimize çekidüzen veremeyiz. Bahsettiğim aile tipinde hanımefendi bütün ümidini evlendiği adama bağlamış bir emanettir. Sade bir hayat tarzından şikâyet etmez, ümidini sana bağlamıştır, seninle mutludur. Sen onun ümidini kırarsan, bir teşekkürü bile ihmal edersen, ona sert davranırsan yaptığın haksızlıktır, zulümdür. Hanımını incitmeye hakkın yok senin.

Veda hutbesinde Efendimiz (sav) konuyu kadınlara getiriyor ve şöyle diyor: "Ey insanlar! Kadınların haklarına riayet etmenizi ve bu hususta Allah'tan korkmanızı tavsiye ederim. Siz kadınları Allah'ın emaneti olarak aldınız. Onların namus ve iffetini Allah adına söz vererek helal edindiniz. Dikkat edin! Sizin kadınlar üzerinde hakkınız olduğu gibi

onların da sizin üzerinizde hakları vardır." (Tirmizî, Radâ", 11) Bununla ilgili Muhammed Emin Yıldırım hocam şöyle diyor: "Emanet, her şeyi yapabilirsin demek değildir. İstediğin her şeyi yapamazsın demektir. Emanet, sahip değil şahitsin demektir ve o şahitlikten bir bir hesaba çekileceksin demektir." Belki de ne kadar korksak az.

Hakikatten bu korku olmazsa korkmak lazım. Endişeye layık bir durum. "Gönül kıranlar Allah'a düşman olur," der tasavvuf erbabı. Dikkat etmeli. İnsan genellikle sıkı temasta olduğu, en çok görüştüğü kişiyi yani eşini kırar. En kolay onu incitir. İnsanımız çok enteresandır; dışarıda gayet kibar, çelebi, ölçülü ve görgülü biriyken evinde pervasız ve kırıcı olabilir. Trafikte de görürüz bu durumu, bir bakarsın adam canavar kesilmiş.

Gerçekten de trafik, bir insanı tanıyabilmek için çok güzel bir alan. Ben imkân olsa tanımak istediğim kişileri mobeseden izlemek isterim açıkçası. Çünkü sen yanındayken de yapmaz çoğu şeyi. O yüzden onu trafikte tekken izlemek lazım. Makasa giren, kaynak yapmaya çalışan bir adam içtimai, ticari hatta aile hayatında bile sürekli kendine avantaj sağlamaya çalışan, başkalarının hakkını hukukunu göz ardı eden bir tiptir muhtemelen. Yani çok doğru bir nokta değindiğiniz. İnsanın karakterindeki gizli arızaları, trafik açığa çıkarıyor.

İşte bu arızaları gidermek için inancımızı tazelemeliyiz. Çünkü insanın şahsiyetini tayin eden şey, Allah'a ve ahirete olan inancıdır. Her sıkıntının arka planında iman zaafı vardır. Ahireti hesaba katmayıp kendince bir plan yapma söz konusudur. Ahirete doğru gittiğini unutan kişi ne yapacaksa dünyada yapmak kaygısıyla hareket eder. Dünyayı o kadar ciddiye alır ki fâniliğini unutur. Ömrünün biteceğini hiç hesap etmeden sözüm ona mutlulukların peşinde vaktini zayi eder.

| **Köprüye ev yapmaya çalışır, değil mi hocam?**

Evet, köprüye ev yapmaktır bu. Hatalı bir girişimdir. Manzarası güzel diye köprüye ev yapılmaz. Yıkarlar. Oradan geçmektir güzel olan, orada kalmak değil. Şairin dediği gibi *bir özge temaşa ile geçtik* diyebilmeli. Köprüde yani dünyada takılan kaybeder. Hedefe odaklanıp kazasız belasız karşıya geçmeye uğraşmalı.

Ama biz tam da buradan gol yiyoruz. Manzaraya dalıyor, amacımızdan şaşıyoruz. İman zaafı her felaketin hazırlayıcısı. İnsanın kalbi ahiret endişesi taşımazsa nasıl yumuşasın? Niçin merhamet duysun? Yaptıklarından sorumlusun. Bir sürü hesap kitap var, eşine karşı davranışların da bunlara dâhil. Üstelik işin kötüsünü söyleyeyim: Orada hesap çok çetin.

| **Topun ağzındasın yani.**

Evet, kritik bir durum. Tanıdığım biri vardı, hanımıyla sürekli kavga ediyordu. Bir gün şunu duydu ve kalbine dokundu: "Hanımını üzen yandı."

"Aman ya Rabbi! Hapı yuttum, bittim ben!" dedi. "Her gün hanımımın kalbini kırıyorum. Ben huysuzum, sağ olsun o da huysuz, bir şekilde kavga çıkıyor. E hanım narin, kırılıyor. Ne olacak benim halim?" diye düşündü ve "Bari ondan ayrılayım da benden daha fazla çekmesin, benim de günahlarım artmasın," diye kendince bir çare buldu. Bu kararını danışmak üzere ilim sahibi bir büyüğünün yanına gittiğinde aldığı cevap şu oldu: "Allah Allah! Bir ay içinde ölecek adamın ettiği lafa bak!"

Bizimki pek ince düşünemediğinden sözdeki hikmeti farklı yorumlayıp evine döndü. Bir ay sonra öleceğinin hesabıyla ibadetini artırdıkça artırdı. Hanımı, alışkanlık icabı bir iki kez kavga girişiminde bulunsa da onu tartışmaya gönülsüz buldu. "Olsun hallederiz", "Fâni dünya üzülmeye değmez" veya "Haklısın hanım. Ne diyorsan o" minvalinde cevaplar aldı ondan. Kadıncağız, adamın huyu birden değişti diye şaşırsa da, "E zaten bir kavgan vardı, şimdi o da yok, ben seni n'apayım?" diyerek kenara çekildi ve çocuğuyla, çorbasıyla, kendi işleriyle uğraştı.

Bir ay geçti. Adam kefenliği hazırlayıp beklemeye başladı. Gelen olmayınca meraklandı ama belki ilk gün sayılmıyordur diye bir gün daha bekledi. Yine kimse gelmeyince acele ettiğini düşünüp üç dört gün daha bekledi. Fakat hâlâ gelen olmayınca o zat-ı muhteremin yanına tekrardan gitti. Aralarında şöyle bir konuşma geçti:

"Efendim, hükümde bir değişiklik mi oldu?"

"Bir otur da önce söyle bakalım, boşanma işi ne oldu?"

"Efendim, ölmek üzereyken kim düşünür boşanmayı!"

"Geçmiş olsun. Bir daha düşünmezsiniz umarım. Peki, kavgalar devam ediyor mu?"

"Hayır, efendim. O günden beri hiç kavga etmedik."

"Neden biliyor musun? Çünkü kavga iki diri arasında olur. Biri ölünce hoş geçim olur. İkisi de ölünce aşk olur. Sen öldün, kavga bitti. Geçmiş olsun. Evin cennet bahçesi gibi olacak bundan sonra. Hanımefendi de ölünce aşk olur ama o benim işim değil, onunla artık bi' zahmet sen ilgileneceksin. Sana dediğime gelince, ben, 'Bir ay içinde öleceksin,' dedim, vallahi doğruyu söyledim ama ölümünün hangi ay içinde gerçekleşeceğini sadece Allah biliyor."

Bu nükteli cevabın da gösterdiği gibi her an gelebilecek bir sondan bahsediyoruz. Şu iki tavsiyeye uyarak yaşamalıyız: Allah'ı ve ölümü unutma. Yaptığın iyiliği ve gördüğün kötülüğü unut. O vakit bir sorun kalmaz.

10

Allah'ın anne baba olmayı nasip ettiği kimseler şükür mevkisinde olmalıdır. Çocukları onlara emanettir. Kendilerini evlatlarının sahibi olarak görmemelidirler.

Bir yuvayı yaşanılmaz hale getiren bazı altyapı sorunlarından bahsetmek istiyorum hocam. Örneğin anneler kızlarını okula gönderirken onlara -daha dokuz on yaşlarındayken- şu düşünceyi telkin ediyor: "Kızım, sen benim gibi olma! Oku, ekonomik özgürlüğünü kazan, hiç kimseye muhtaç olma, eve hapsolma. Yarın öbür gün kendi ayaklarının üzerinde durabilecek seviyeye gel."

Yani bu zehrin zerk edilmesine muhtemel bir evliliğin on, on beş yıl öncesinden başlanıyor. E haliyle kızda bir korku oluşuyor; ileride cennet arkadaşını değil de sanki rakibini seçiyor. O zamana kadar da müstakbel rakibine karşı hazırlık yapıyor aslında.

Modern psikoloji bilimiyle birlikte söz konusu korku büyütülüyor sanki. Aile koçları, kişisel gelişimciler, psikoterapistler vs. "Eşiniz sizin sahibiniz değil", "Sınırlarınızı doğru belirleyin", "İlişkide kurban siz olmayın", "Evlilik mahkûmiyet değildir" gibi sözler sarf ediyorlar. Kadınlara mütemadiyen bu düşünceler pompalanıyor. Erkeklere de hakeza.

Evet, haklısın. "Ona karşı ezilme!" "Kendi ayaklarının üzerinde dur!" Bu tarz sözleri çok duyar olduk. Tam tersi bir ailenin kurucusu, ferdi ve reisi olarak bana ilginç geliyor bu cümleler. Kırk bir yıllık evlilik tecrübesiyle hep şunu diyesim gelir: "Yahu bizim hanım kafa üstü mü duruyor? Kendi ayaklarının üzerinde durmak ne demek Allah aşkına?" Hanım başımın üstündedir, başımın tacıdır. Bunu bütün samimiyetimle ifade ediyorum. Ömrü boyunca hiç, "Ekonomik özgürlüğüm olsun, kendi ayaklarımın üstünde durayım," gibi bir ihtiyaç duymadı.

Bu sözler de kötü deneyimlerin bir neticesi tabii. Kadınlar mağduriyetle biten bir boşanma hadisesinde kimseye muhtaç olmak istemiyor.

Anneler çocuklarını hayatın zorluklarına karşı hazırlamak ister elbette. Ama "kariyer yapma" baskısı ve kendi olumsuz deneyimini tek gerçek olarak çocuğa dayatmak bunun için doğru bir yol değil sanıyorum.

Bir anne öncelikle çocuğun manevi ve ahlaki gelişimi için kaygı duymalı. Yukarıda bir vesileyle söylemiştik; çocuk annenin eseridir. İnsan yetiştirmek gibi en kritik, en zor, en önemli işi yürütürken kariyer yapmak istemesini mazur görmek mümkün ama bunu ona dayatmak büyük bir hata.

O zaman buranın altını çizelim. Bir anne, "Dersini çalıştın mı, ödevini yaptın mı?" sorusu ile "Namazını kıldın mı?" sorusunu çocuğuna günde kaç defa yönelttiğini hesaplayıp kendini kısaca test edebilir. Gerçek annelik bu noktada tefrik edilmeye başlanıyor, doğru mu hocam?

Aynen öyle. Başarı ve başarısızlık üzerinde çok duruyoruz. Bu bize pek yakışmıyor. Helal ve haram üzerinde durmalıyız. Başarı takdîr-i ilâhîdir. Eskiler bunu çok güzel formülleştirmiş: Gayret bizden, tevfik Allah'tan. Sefer bizden, zafer Hak'tan.

Sonucun ne olduğuyla niçin bu kadar ilgileniyorsun? Sonuç Cenâb-ı Hakk'ın takdiri, sen vazifeni yap. Yolunda doğru git. "Para kazanıyorum," diyor. İyi de kardeşim niçin kazandın? Para dediğin şey silah gibidir; mazluma da çevrilir, zalime de. Namlunun nereye dönük olduğunu söyle sen bana. "Diplomam var," diyor. Var tamam. Ama zalim birçok insanda da diploma var. "Başardım, zirveye çıktım," diyor. İyi de milyonlarca insanın kanına giren çok sayıda başarılı insan var. Sen o değilsin ki! Allah'ın kulu, Habib-i Rabbü'l-âlemin'in ümmeti, davranışlarından sorumlu model insansın sen. Önemli olan helal haram kriteri ve güzel ahlak.

Baba, on iki yaşındaki çocuğunun sırtını sıvazlıyor. "İngilizce okuyor amcası," diyor. Ne yaptığının farkında değil. Şimdi bu ne demek? Ben elbette İngilizce okunmasına karşı değilim; Rusça da okunabilir Çince de... Ne lazımsa o öğrenilsin, ben orasında değilim. Fakat çocuğunu övme sebebin bu mu? Çocuğa mermere kazır gibi, bir daha değişmemek üzere en önemli insani değerin, bir yabancı dilde eğitim almak olduğu fikrini aşıladığının farkında mısın? Başka unsurları değer kabul ederek, "Aslında ahlak pek önemli değil," dediğinin, maneviyatı arka plana ittiğinin farkında mısın? Çocuğunu, "Sabah namaza beraber gidiyoruz," diye övsene. "Namaza o kaldırır bizi amcası, hafız da oldu," desene. Sen bunlara değer vermeyince veya başka şeylere nazaran daha az değer verince seni bekleyen kötü sonuçlar olur. Sonra da şaşırıyorsun. Kendi yetiştirdiğin çocuğu tanıyamaz hale geliyorsun. Evladını dünyalık uğruna yıkıcı bir savaşa soktun, sürekli zafer istedin. Çocuğun da bunun için ha bire gayret sarf etti ve kişiliği o yönde şekillendi, şaşacak bir şey yok.

Daha önce bahsettiğiniz, kendini çocuğun maliki sanma, haddi aşma durumu acaba bununla bağlantılı olabilir mi? Allah'ın rızasını kazanmak için değil de sadece başarıya odaklanarak, iyi bir yatırım yapar gibi çocuk yetiştiren bir anne baba kendini evladının sahibi sanmaya daha meyilli oluyor diyebilir miyiz? Belki de bu yüzden evlatlarının hayatına müdahale etme hakkını kendilerinde görüyorlardır.

Diyebiliriz, bu aşikâr. Fakat yanlış olduğunu bir kez daha vurgulamak isterim. Allah'ın anne baba olmayı nasip ettiği kimseler şükür mevkisinde olmalıdır. Çocukları onlara emanettir. Emaneti taşımakla şereflendirilmişlerdir. Bu da başlı başına bir nimet, bir imtiyazdır.

Şimdilik hüsnü sana aşkı bana vermişler
Âriyetdir bu da cânâ ne senindir ne benim

"Ey sevgili, şimdilik güzelliği sana, aşkı da bana vermişler amma bunların hepsi emanettir. Ne güzellik senindir ne de aşk benim," diyor şair. Burada güzellik ve aşkın yerine istediğinizi koyabilirsiniz ancak her ne olursa olsun onun emanet olduğu gerçeğini değiştiremezsiniz.

Anne babalar çocuklarının işlerine karışırken, onlara yol gösterirken bir yutkunup düşünmeli. "Ben Allah'ın kuluyum, o da Allah'ın kulu. O bana emanet ve ben onun ebeveyni olarak hizmetkârıyım. Ben de imtihana çekileceğim," demeli.

Yaratıcı değiliz biz. Had bilmek, her yerde olduğu gibi burada da son derece önemli ki ebeveynin bu yaklaşımı emin olun çocuğa aynıyla yansıyacaktır. Haddini bilen bir anne babanın oğlu, "Benim hanımım, nikâhlım; o halde ben patronum, ona istediğim gibi davranırım," demeyecektir.

Yani kısacası anne babalar, kendilerini öyle evlatlarının sahibi, her şeyin yönlendiricisi olarak görmemeli. Hem ne gerek var? Sana bu sorulmayacak ki, yok yere niye başına iş alıyorsun? Senin yapman gereken ona güzel bir ahlak kazandırmak.

Hocam müsaade buyurursanız anne babaların tavrının nasıl olması gerektiğini anlatmada bize yardımcı olabilecek yaşanmış bir hikâyeyi aktarmak isterim.

Tabii.

Hadiseyi yaşayan kişi bana şöyle anlattı: "Ben yirmi yaşındaydım, eşim on sekizindeydi. Bizi everdiler. Soğuk bir memlekette yaşıyoruz. Zemheri. Evliliğimizin ikinci üçüncü ayı mı neydi, hanımla aramızda bir tartışma çıktı. O sesini yükseltti, ben sesimi yükselttim. Tartışma epey şiddetlendi ve hanım, 'Böyle yaparsan babamın evine giderim,' dedi. Buna karşılık ben de, 'Gidersen git!' dedim. Bu sözümün üzerine kapıyı çekip evden çıktı. Babasının evi ile evimizin arasında nereden baksanız yirmi kilometrelik bir mesafe var. Ama gitti işte. 'Gecenin bir yarısı, diz boyu kar var. Nereye, nasıl gider, cebinde para var mı?' diye endişelenmeye başladım.

Aradan bir saat kadar geçti, evin telefonu çaldı -o zaman cep telefonu falan yok tabii. Açtım telefonu. Kayınvalidemin sesi. 'Oğlum merhaba. Şu an kapının önünde kendisini bu eve ait zanneden oysaki bu eve ait olmayan bir kız çocuğu var. İçeriye girmek istiyor. Biz müsaade etmedik. Malum hava da soğuk. Gel ve sana ait olanı buradan al. Çünkü üşüyor,' dedi.

Gittim arabayla, hanımı kapının kenarında gördüm; kuytu bir yer bulmuş, pusmuş bekliyor. Arabayı görür görmez içine atladı. Dudakları mosmordu, çok üşümüş. Tek kelime konuşmadan eve döndük, oturuyoruz. Derken telefon tekrar çaldı. Arayan yine kayınvalidemdi. 'Oğlum, baban seni görmek istiyor,' dedi.

Tek başıma evlerine gittim hemen. İçeri girince bir baktım, mükellef bir sofra kurulmuş. Çorbalar, salatalar, et yemekleri vs. Kayınpederim sofraya buyur etti, oturdum. Kayınvalidem bizi baş başa bıraktı. Kayınpeder eliyle dizime vurup, 'Karı koca arasında kavga çıkınca kadın adamı aç bırakır. Senin karnın açtır şimdi. Gel şöyle de önce erkek erkeğe güzel bir yemek yiyelim,' dedi. Yemeği yedik, ardından çayımızı, kahvemizi de içtik. Sonra kayınpederim konuşmaya başladı.

'Oğlum, sana bir şey soracağım. Kızımız senin namusuna leke mi getirdi? Bana açıkça söyle,' dedi. Bu soruya şaşırdım, 'Hayır efendim,' dedim. Devam etti: 'Evine istemediğin insanları mı aldı?' Yine, 'Hayır,' diye cevapladım. 'Paranı çarçur edip seni borca mı soktu?' 'Hayır efendim, bunların hiçbiri olmadı,' dedim. 'Peki, bunların haricinde bilmem gereken, kritik, ciddi, kayda değer bir hatası oldu mu?' diye sordu son olarak. Ben de, 'Yok sadece tartıştık, o yüzden size geldi,' dedim. Cevabımın üzerine, 'O

zaman bir daha sana ait olanı buraya gönderme,' dedi."

Maşallah.

Çok iyi bir örnek değil mi hocam?

Çok güzel, çok iyi…

Mesleğiniz hasebiyle sizde buna benzer yüzlerce örnek vardır. Burada anne baba, "Elin oğlundan bize ne! Gel kızım, gel sen anlat! Ne yaptı sana o adam? Ezdi mi seni?" demiyor. Evlatlarını kayırmıyor. Biraz da bu duruştan bahsedelim mi hocam?

Valla, verdiğin örnek son derece öğretici. Memnuniyetle aldığım bir ders oldu. Söz var, iş bitirir; söz var, baş yitirir. Bilgelik tam da böyle bir şey. Kayınpeder karşısındakini kırmadan konuşmuş. Ama en ağır, en önemli sözü söylemeyi de ihmal etmemiş. Baba ona derler işte. Babalık budur.

Baba gibi baba.

Öyle maşallah.

Ana gibi ana. Yüreği yansa da kızının saadeti için onu kapının önünde tutmuş. Hikâyelerini anlattığım çift şu an otuz kırk yıllık evli; çocukları var, torunları var…

Ne güzel. Eğer haddi aşsalardı, duygularına esir olsalardı o evlilik -Allah bilir ya- birkaç ay içinde mahkemede, saç saça baş başa bir kavganın akabinde bitebilirdi.

Hele anne babaları da buna çanak tutsaydı...

İyi ki öyle olmamış. Hepsi perişan ve pişman olurdu büyük ihtimalle. E, çok güzel ders vermiş baba: "Refikanın namusunda, ahlakında, haysiyetinde bir kusur yokken yavrum sen neyin peşindesin, neyin derdindesin?" demiş. İşte böyle bir ölçüyü hayatımıza monte etmemiz icap ediyor. Önemsiz şeylere önem vermek, önemli şeylere hıyanet oluyor. Yani siz, beş para etmez bir konu etrafında kavga ediyor, gürültü çıkarıyor, mahkemeye koşuyor, evliliğinizi berbat ediyor, çocukların istikbalini karanlığa itiyorsanız bunun da bir hesabı var. Son söylediğime özellikle dikkat çekmek istiyorum. Öyle evlilikler, öyle boşanmalar gördüm ki çocuk hiç hesaba dâhil edilmiyor. Ortada bir çocuk var ama hiç kimse onu düşünmüyor. Sanki hayatlarındaki bir figüran... Dönüp bakan yok ona.

"Ben" diyor ikisi de.

Allah Allah! Bu kadar bencil olursan hayattan ne bekleyebilirsin ki? O evlilikten kurtuldun diyelim. Kuracağın yeni yuvada önceliğin kendin iken ne olmasını bekliyorsun? Hayatını zindana çeviren sensin, ahlak arızası sende var.

Herkesin dönüp kendine bakması gerekiyor, "Acaba ben üstüme düşeni yapabildim mi? Sorumluluğumu yerine getirebildim mi?" diye. Her an vaziyeti kontrol etmek lazım. Haddin aşıldığı noktada kısa devre olur, maazallah evlilik yanar. Senin anlattığın örnekte ebeveyn koruma devresi olmuş, kurtarmış yuvayı. Takdir ve tebrik ederim o babayı, maşallah. Babalık böyle bir şey…

| Kendi hayatımdan da bir örnek vereyim, izninizle. Yeni evlendiğim zamanlarda Antalya'da oturuyorduk. Annem ve kardeşlerim de Adana'daydı. Adana'ya, ailemi ziyarete gideceğimiz zamanlarda çok heyecanlanır, telaşlı ve aceleci olurdum. Bir an önce yola revan olalım isterdim.

Yine böyle bir gün, gene telaşlıyım, evden çıkacakken hanıma çıkıştım. Vuslat sabırsızlığıyla, "Hadi acele et, ona gerek yok. Bir an önce yola çıkalım!" gibi sözler söylüyorum. Hanım da o an beni incitecek, kızdıracak bir şey söyledi karşılık olarak. "İstersen biz gelmeyelim," gibi bir şeydi herhalde dediği. Ben de sinirlendim. "Gelmeyin o zaman. Ben tek giderim. Sizin gelmenize gerek yok!" dedim. Arabaya atlayıp yola çıktım hemen.

Konya üzerinden gidiyordum Adana'ya. Seydişehir'deyken annem aradı. "Ne yaptınız oğlum, geliyorsunuz değil mi inşallah? Yaklaştınız mı?" dedi. "Anne, geliyorsunuz diye bir durum yok, ben geliyorum," dedim. "Çocuklar?" diye sordu. "Anne, hanımla biraz atıştık, onları evde bıraktım. Tek geliyorum," diye açıkladım durumu. "Detayları gelince anlatırım sana," dedim. "Yok öyle bir şey!" deyip

haddimi bildirdi rahmetli. "Sen de gelme o zaman. Ben sizi ailece bekliyorum," dedi ve kapattı telefonu. Seydişehir'de kaldım! Ne ileri gidebiliyorum ne geri dönebiliyorum... Kaldım orada! Anneme de o kadar kızdım ki o an. O kadar kalbim kırıldı ki.

Neyse, sonradan öğrendiğime göre benden sonra eşimi de aramış annem. "Kızım, aranızda ne geçti bilmiyorum. Muhtemelen sen de haklısındır. Haklı olabilirsin ama ben bir anne olarak az önce oğluma, 'Gelme!' demek durumunda kaldım. Sen de annesin, bilirsin, bu çok zor bir şey. Allah sana bunu yaşatmasın. Biraz gayret edip benim bu yükümü hafifletmek ister misin?" demiş. Sonra oğlum beni aradı, yani annesi arayıp telefonu ona vermiş. "Baba bizi alır mısın? Biz de görmek istiyoruz babaannemizi," dedi. Döndüm aldım, hep beraber yola çıktık. Bir saat kadar süren sessizliğin, suskunluğun ardından çocuk su istedi, "Dondurma alalım mı?" dedi, "Aa, şurada bir şey varmış!" muhabbetleri filan derken her şey yeniden yoluna girdi ve aramızda küslük kalmadan Adana'ya vardık.

Annenizin bu davranışı hakikaten takdire şayan ve gerçek annelik nasıl olura muazzam bir örnek. Bağrına taş basıp gelme oğlum diyebilmiş ki kararını da çok seri vermiş yani.

| **Riskli de bir karar hocam. Az iş değil.**

Böyle bir olaydan alınan öğüt, her kavga ihtimalinde insanı bir durup düşünmeye sevk eder.

| **Tabii ki.**

Hakikaten parlak bir misal. Çok şanslıymışsın. Allah nazardan korusun. Rızasını aldın değil mi?

| **Annemin mi?**

Evet.

| **Elhamdülillah.**

Çünkü en büyük pişmanlık o noktada oluyor.

| **Haklısınız hocam. Elhamdülillah rızasını almak nasip oldu. Allah ondan da babamdan da razı olsun. "Ay kuzum, vah yavrum, sana ne yaptılar?" diyerek iyi anne baba olunmuyor her zaman. Küçük veya büyük muhtelif krizleri yönetmede, evliliği kurtarmada anne babanın duruşu hakikaten çok mühim. Hayatın farklı alanlarında da bu böyle esasen. Hatırıma gelen bir şeyi daha arz edebilir miyim çok kısa?**

Estağfurullah, tabii ki.

| **Abim Almanya'da araba boyacılığı öğreniyordu. Zımpara yaptığından parmakları delik deşik olmuş, kanamıştı. Annem ellerini görünce acıyarak, "Oy kuzum, kurban olurum, parmaklarına bak!"**

diyerek nazladı onu. Sonra babama dönüp, "Halil, Halil! Ellerine bak, delik deşik. Başlarını yesin bunlar!" diye sızlandı. "Böyle iş mi olurmuş oğlum?" gibi sözlerle yakındı. Sonra abim odadan çıkınca, babam anneme, "Hanım, böyle konuşarak çocuğun istikbaliyle oynuyorsun," dedi ve sözlerine şöyle devam etti: "Bugün kanar, yarın kanar, ondan sonra nasır tutar o parmak, daha da kanamaz. Çocuğun önü sıra böyle deme."

Yani bir bedel varsa o bedeli ödemek gerekiyor. Karı kocanın birbirinden ayrı düştüğü durumlarda bu krizi yönetmek anne babanın işi. Ama onlar da yangına körükle gidiyorsa, hatta bizatihi krizin müsebbibi oluyorsa, o zaman çocukları ne yapsın? Aile danışmanı ne yapsın? Değil mi hocam?

Elbette... Ne kadar güzel oldu. Art arda verdiğin örnekler hakiki manada annelik babalık etmenin mahiyetini ve yolunu gösterdi. Yuvayı ayakta tutmak büyüklerin ona müdahale etmemesiyle ya da böyle yapıcı, öğretici müdahalelerde bulunmasıyla mümkün.

Allah rızasını gözeten, iyi niyetli, feraset ve tecrübe sahibi büyüklere ihtiyacımız var. Bu nitelikleri taşıyan anneler, babalar, dedeler, anneanneler, babaanneler çok kıymetli figürler olabilir.

Son yüzyıldaki en önemli kayıplarımızdan biri, büyük aile yapısını yitirmek oldu. Çocuklar dedelerini, ninelerini görerek yetişme imkânını kaybetti. Ben bu nimeti sonuna kadar yaşamış biriyim. Dedemle aram iyiydi, arkadaş gibiydik. O, benim için babamı şikâyet edebileceğim bir temyiz mercisiydi. Her zaman benim tarafımda olurdu. Dedeyle torun birbiriyle neden iyi anlaşır? "Düşman"a karşı ortak bir cephe oluşturmak için. Ama okuma yazması dahi olmayan o bilge adam, bana arka çıkmasının yanı sıra kritik hayat ilkelerini de tatlı tatlı öğretirdi. Tadı damağımda kalmış bu hal bana muazzam bir hayat düsturu olarak işlediği için, bugün kendi torunlarıma bunu bir miktar tattırabilmek adına onlarla hep temas halindeyim.

Eski büyük aile modeli elbette uzak bir ihtimal artık ama yakın yerlerde oturarak ve mümkün olduğunca görüşerek bağlar kuvvetlendirilebilir. Çocuklarımız dede ve nine nimetinden mahrum kaldıkça, genç evlilerin tecrübesizlikle yaptıkları hataların ızdırabını çekiyorlar. Son nokta evliliğin bitirilmesi ancak bunun dışında evlilik yürürken de eşler kendi aralarında kavga ederek, geçimsizlik göstererek çocuklarını hırpalayabiliyor. Gergin ortamda kaçacak delik arıyor çocuk. Onun psikolojisini altüst etmemeli, ruh dünyasını yıkmamalıyız. Her daim etrafımızı düşünerek yaşamak durumundayız.

Dedim ya, evladın da anne baba üzerinde hakları var. O, ahlakı ve üslubu senden alacak. E, bir zahmet sen de nefsini frenleyerek, acıyı yudumlayarak, sabrederek ona doğru ve güzel olanı göstermeli, yaşatmalısın. Evlenen gençlere, anne babalarının öğretmeyi ihmal ettiği husus bu işte. Gençler sadece kendi açılarından bakıyorlar meselelere, duygularının tesiriyle hareket ediyorlar, öncelik hep kendileri. Egoistler yani, başka bir şey değil. Şeytanın yardımıyla yuvalarını kendi elleriyle yıkıyor, sonra da bunun ızdırabını yine kendileri çekiyorlar. Birçok ayrılığın arkasında bencil düşünceler ve yıkıcı duygular bulunuyor.

Velhasıl eskilerin bilgeliğine, o sabra, o tahammüle ihtiyacımız var. Ne söylediklerine kulak verelim. Misal, "Boğaz dokuz boğum," demişler. Dokuz defa düşün öyle söyle. "Söz ağızdan çıkana kadar esirindir ama ağızdan çıkınca sen onun esiri olursun." Bir tatlı sözün, iki güzel kelimenin sorunları ta başından çözmesi mümkünken her şeyin kördüğüm olduğu noktaya kadar sürükleniyor meseleler. Ben meslek hayatımda bu duruma çokça şahit oldum ama sadece boşanma davalarında değil. Tatlı bir söz söyleyemediği için senelerce hapis yatan insanların dertlerini dinledim. "Ah Hayati be!" diyorlardı, "O gün bir şey diyemedik, şunu yapamadık, ömrümüz zayi oldu." Dile dikkat etmek lazım vesselam.

Hem bazen haklı olmak mutlu olmaya yetmiyor.

Elbette.

Yani tartışmada haklı taraf sen olsan fakat evliliğin bitse ne faydası var? Acı çekecek olan yine sensin. Haklılığın mutlu olmana yetecek mi?

Yetmez, üslup önemli. Üslup, yumuşak davranma ve krizi aşma becerisi.

11

Sükûtun gücünü küçümsüyoruz. Suskunluğun bir etkisi, sükûtun bir heybeti olduğunu unutuyoruz.

Hocam, anne babalar, evladımızın mürüvvetini dünya gözüyle görmek istiyoruz diyerek çocuklarına evlensinler diye baskı yapabiliyor. Evlatlarını evlendirdikten hemen sonra da torun sahibi olmak istediklerini söylemeye başlıyor. İlk torun doğduktan sonra sıra ikincisine geliyor, torunumuza ne zaman kardeş gelecek diyorlar. Ben anne babaların bu arzusunda biraz da şu kokuyu alıyorum: Evliliğin ilk yıllarında iki taraf da birbirini tam anlayamadığı için kavgalar, anlaşmazlıklar yaşanır. Bu tehlikeli dönemin üstesinden gelemeyen çiftler boşanır. Anne babalar sanki biraz da bunun önüne geçmek, muhtemel ayrılıkları önlemek için evlatlarına çocuk sahibi olmalarını salık veriyor.

Çiftlerin ilişkisini sağlamlaştırmak için, kalpleri ve akıllarıyla evlerine, yuvalarına bağlansınlar diye…

Peki ama bu sağlıklı bir yöntem mi? Eğer evliliğin henüz başında yolunda gitmeyen bir şeyler varsa, çocuk olduktan sonra her şey daha da kötüye gitmez mi?

Tabii, o konuda baskı yapmak doğru değil; vakti vardır, saati vardır, aceleye mahal yoktur. Şu modern hayatın şartları içerisinde gençler birkaç yıl kendilerini toparlamak, kendilerine gelmek isteyebilirler. Müdahale etmemek lazım. Bu, özel bir fasıldır. Anne babanın müdahalesi en fazla nazik bir temenni seviyesinde kalmalıdır. İleri gidilmemelidir. Gençlerimiz haklı olarak bu durumdan şikâyet ediyor. Özel konulara girmek başlı başına bir sıkıntı sebebi. Evliliği böyle zecrî yani zorlayıcı tedbirlerle yürütmek, gençleri buna mecbur ya da mahkûm etmek sağlıklı değil. Evlilik, karşılıklı saygı ve sevgi şartıyla yürür. Beş çocuktan sonra boşanan olmuyor mu yani? Böyle bir zorlamaya hacet yok. Herkes -çocuğu evlenen anne baba, kurulan yeni ailenin annesi babası veya henüz anne baba olmamış gençler- haddini bildiği takdirde, Hakk'a ve hukuka riayet edildiğinde, sabır, şükür, kanaat ve samimiyet duygularıyla evlilik yürütülebilir. Hayatın her aşaması böyle zaten, yani orada da had bilmek mühim. Çoğu zaman meşru olmayan, örfümüzde olmayan şeylere örfi diyerek yaslanıyor insanlar. Biraz da işlerine geldiği gibi...

Örfün sınırları belli olmadığı için, aslında istismara açık bir alan. Biri, bizim örfümüz böyle derken öteki, bizim örfümüz ise şöyle diyebilir.

Hukuk tahsili sırasında örf ve âdet normdur. Hâkim karar verirken kanuna bakar, kanunda yoksa tüzüğe, yönetmeliğe, her neyse... Örfe de bakar ama orada bir kayıt vardır. Kanuna muhalif olmayan örfün veya bunu kendi hayatımıza uyarlayarak söyleyelim; kitaba, dine aykırı olmayan örfün bir geçerliliği vardır. Örf diye istediğin her şeyi başkalarına dayatamazsın, lüzumsuz sınırlar getiremezsin, getirmemelisin. İnsanlara boşu boşuna yük yüklemenin âlemi yok. Merhametli olmak, çocuklar siz bilirsiniz demeyi öğrenmek lazım...

Kendi hayatımdan bir örnek vereyim. Ben iki evlat sahibiyim, onlar da evlendi, dört evladım oldu. Bir gün hepsini toplayıp bir konuşma yaptım. Onlara şöyle dedim: "Anlamadığım işler yapıyorsunuz, bilişim dünyasındasınız, ticarettesiniz, uluslararası işler, e-ticaret filan... Bunlara benim aklım ermez, erse de karışmam. Ev aldınız, araba aldınız, almadınız, aldığınızı sattınız filan, beni ilgilendirmez. Benim baba olarak sizde bir kredim, üzerinizde bir hakkım, söz söylemeye yetkim varsa, söyleyeceğim şey tek bir maddeden ibaret olacak. O da şu: Beni namaz hususunda üzmeyin. Bunun dışında ne yapıp yapmadığınız size kalmış. Eğer herhangi bir konuda ihtiyaç hisseder fikrimi sorarsanız, düşüncemi paylaşırım. Ama diğer konularda bir şey söylemem. Eğer babalık hakkım varsa, sadece namaz konusunda beni üzmeyin." Bu, şu kanaatimden ileri geliyor: Zamanımızda aile büyüklerinin fazla kredisi yok, yani bunu israf etmemek, olur olmaz yerde harcamamak gerek.

Nokta atışı yapıp asli olanı istediğinde hayır dememeleri için.

Yani babam da her işimize karışıyor demesinler, bilsinler ki o bir tek şey istedi. Gerçekten önemli, doğru, haklı bir talepte bulundu. Artık biz de eşek değiliz ya, bu isteğini ciddiye alıp yerine getirelim desinler. Çünkü sürekli karışırsanız krediniz eskir, pörsür ve yüz göz olursunuz. Çocuk sigara içiyor bir şey söylüyorsun, bir yere gidiyor karışıyorsun, evi süpürürken müdahale ediyorsun, yemek yaparken tuzu az filan diyorsun... Bu kadar kredisi yok hiç kimsenin. Kimse bu kadar yetkili değil. Olmasın da zaten! Bunlar her insanın kendi hayatının detayları. Tecrübeyle, birikimle, belki yanlış yaparak, sonra düzelterek zaman içinde öğreneceği şeyler. Her konuda bir şey söylerseniz artık hiçbir sözünüz dinlenmez hale gelir. Pedagojik bir umde, bir nosyon olarak bunu benimsemişimdir. Yönetici olsam ve çalışanlarım olsa, yine böyle davranırım. İnsanların her işine karışırsanız asıl söyleyecekleriniz de -tabirimi mazur görün- güme gidiyor. Yüz göz olmamak, ilişkinin sevgi ve saygı ile yürümesi mühim.

Ünlü bir musiki üstadı Sezen Aksu hanımefendi, çıkardığı bir albümün lansmanında şöyle bir ifade kullanmıştı: Seyirci baba gibidir. Bir kız evlat, babasının karşısında, ona karşı hissettiği duygunun ne kadarının korku ne kadarının saygı olduğunu pek ayırt edemez. İşte biraz böyle bir ilişki içinde olunmalıdır diyorum. Evlat, babayı hem bir otorite olarak kabul etmeli, hem kırmak istemeyeceği bir merci olarak görmeli. Babalık berhayat olmalı, cari ve etkili olmalı. Fakat sınırlayıcı, örseleyici, yaralayıcı, kişiliği zedeleyici de olmamalı. O dengenin gözetilmesi lazım.

Çok güzel örneklere şahit oldum. Mesela birkaç yıl önce bir badire atlattık. Oğlumun yaşadığı bir sıkıntının çözümü için kıvranırken, seksen beş yaşındaki babam, babalığını öyle bir gösterdi ki... Normalde hiçbir şeyimize, hiçbirimize karışmazken -hele ki torunlarına- o mevzuda ağırlığını koydu ve babalık, dedelik böyle olur dedirtti. Torununu kenara çekti, ne olursa olsun şunu yapma dedi. E otuz seneden beri hiçbir şey söylememiş, böyle bir ikazda bulunmamış dedenin sözü tabii son derece tesirli oldu.

Bunu şuna benzetiyorum hocam: Gece sokakta araba alarmları çalıyor ama o alarmı hiç kimse ciddiye almıyor. Çünkü bundan önce de defalarca, bir arıza sonucu ya da yanlışlıkla çalmıştı. Böyle böyle, artık kimsenin takmadığı, kulak vermediği, tepki göstermediği bir şeye dönüştü.

Zannederim İngiltere'de yaşanmış: Birisinin boğazına bir şey takılmış, nefes almakta güçlük çekerken başı öne düşmüş, kornaya çarpmış, bu vesileyle korna gayriihtiyari çalmış. Bunu duyan insanlar, korna çalınıyorsa hayati bir durum vardır diyerek yetişmişler, adamı kurtarmışlar. Düşündüm, ülkemizde şurada kornaya bassak, dakikalarca bağırtsak, kimse dönüp bakmaz. İşte ilişkilerimizi de laçkalaştırmamak, itibarı çarçur etmemek lazım. Sen öyle olur olmaz işlerde nasıl yönlendirici olacaksın? Hem niye olasın, buna ne gerek var? Sükûtun gücünü küçümsüyoruz. Suskunluğun bir etkisi, sükûtun bir heybeti olduğunu unutuyoruz. Çocuk, bunu da görmeli büyüğünden.

Oğlum kendi oğlunu yetiştirirken, "Baba," dedi bir gün, "bizim nesilden göremediği bir şey var çocuğun. Fazla konuşmayıp sükût ile terbiye usulünü sizden alsın diye çocuğu sizin yanınıza bırakacağım." Hakikaten dede-torun arasında böyle de bir durum var. Çok konuştukça heybet azalıyor ama az konuştuğunda çocuk merak ediyor, sana bakıyor böyle, acaba dede ne diyor, ne düşünüyor diye. Sonra bir şey söylediğinizde taş yerine oturuyor. Az konuşmak her zaman tavsiye edilmiştir zaten.

| Sizden duyduğum güzel bir derviş hikâyesi vardı hocam, bu noktada paylaşmak isterim: Bir şeyh efendi, yaya olarak uzun bir yolculuğa çıkacakmış. Öncesinde başka bir şeyh arkadaşını zaviyesinde ziyaret etmiş. Bu arada filan yere gideceğim ama yolu da tam olarak bilmiyorum demiş. Bunun üzerine zaviyenin şeyhi, bir müridinden, yolculuğa çıkacak olan şeyhe eşlik etmesini istemiş. Gidecekleri yere gitmişler, işlerini halledip dönüş yoluna koyulmuşlar.

Dönüşte şeyh, müridi zaviyeye kadar bırakmak istemiş. Zaviyeye geldiklerinde ona, kendisine eşlik ettiği için teşekkür etmiş. O sırada zaviyenin şeyhi sormuş: "Bizim çocuğu nasıl buldunuz?" Yolculuktan dönen şeyh cevap vermiş: "Biraz geveze." Zaviyenin şeyhi,

"Ne densizlik etti efendim?" diye sorunca, şeyhten şu yanıtı almış: "Adını sordum, soyadını da söyledi."

Sadece adın ne diye sorulduğunda ilave olarak soyadını da söylemesi gevezelik sayılmış... Söz altındır ama sükût da incidir. Eskiler çok konuşmayı o kadar kötülemiş, o kadar değersiz bulmuş ki... Mesela Keçecizâde İzzet Molla merhum bu durumu şöyle ustaca dile getirmiş:

Şahs-ı pür-gûnun dehânı yaymacı dükkânıdır
Hakkasın cevher-fürûş kılmaz küşâde bi-taâb

Cevher-fürûş altın, gümüş satan; kıymetli madenleri satan kişi. Öbürü de satıcı ama *yaymacı* yani o ucuz şeyler satıyor, ne alırsan bir lira gibi. *Şahs-ı pür-gûn* ise geveze demek. Şairin anlatmak istediği şu: Gevezenin ağzı yaymacı dükkânı gibidir, yani o dükkân yerli yersiz, kuralsız kaidesiz her yerde açılır. Sözleri harcıâlem, kıymetsiz olduğu için her yerde satışa hazırdır. Ama altın satan adam çantasını kolay kolay açmaz. Öyle pazarcılığa başlamaz hemen. Bağıra bağıra mücevher satan birini görmezsin. *Bi-taâb* diyor, yani onun malını satın alabilmek için biraz da rica minnet etmen, samimi olduğunu göstermen, gerçekten alıcı olduğunu belli etmen gerekir. İşte az konuşanın sözü böyle kıymetlidir.

İnsan nerede ne kadar konuşacağını bilmeli. Az konuşma meselesini biraz daha geniş düşünmek lazım burada: çenesi düşük olmamak, az müdahale etmek, az karışmak... Gelin ve kaynana arasında yaşananlar hep bu minvalde, değil mi? Çok konuşuyor, her şeye karışıyor diye şikâyet edilir kayınvalideler. Hâlbuki bunu yapmasalar saygınlıklarını muhafaza edecekler ve bu iki tarafın da hayat kalitesini artıracak. Aslında bütün sıkıntıları kendimiz imal ediyoruz, kimsenin bize bir şey yaptığı yok. Sonra da sızlanıyoruz.

12

Örfümüzün evliliğe zorlama, boşanmaktan men etme gibi kitaba pek uymayan zorlamaları eksik değildir. Fakat Cenâb-ı Allah iki seçenek var diye buyurmuş: ya iyilikle geçinmek ya da güzellikle bırakmak.

Hocam, hayatta her şey zıddıyla birlikte mevcut. Bir olmak da var ayrılmak da. Kimse pişmanlık ve hicran yaşları dökmesin diye buraya kadar bir yuvanın ayakta tutulabilmesi için dikkat edilmesi gereken hususları konuştuk. Ama şöyle bir durum da var: Biz sadece evlenme ve boşanma istatistiklerini biliyoruz. Buna karşılık çocukların gözleri önünde her gün bir sürü trajedinin yaşandığı evliliklerin istatistikleri yok elimizde. Susmak zorunda kalan, kan ağlayan, hayatı cehenneme dönmüş insanların sayısını bilmiyoruz.

Evet, kimse tutmaz o istatistiği. Ama ortada fena bir manzara var, bu belli. Herkes şunu bilmeli: Gönül yıkarak yürümez hiçbir şey. Hayatta saadet olmaz, ağız tadı kalmaz. Çocuklara mutlu bir hayat hazırlamış olmazsınız. Evde yaşanan gerginliği çocuğun sünger gibi emdiğini sakın unutmayın. Çocuk belki konuşmuyor ama her şeyi öyle bir kaydediyor ki olumlu veya olumsuz mesajlarınız doğrudan onda yankı buluyor. Bunu da dikkate almak gerekir. Bir ailenin ferdisin, yalnız değilsin. Koca olarak, anne olarak, baba olarak, çocuk olarak, evlat olarak ailenin tamamlayıcısı, destekleyicisi olmalısın arkadaş! Kadir değil âcizsin neticede. İnsan her işini kul olduğunu idrakle, âciz olduğunu kabulle çözebilir. "Âciziz, birbirimizin desteğine ihtiyacımız var," diyeceksin. Yuvanı niye yakıyorsun?

Bu yüzden hocam, biraz da boşanmadan bahsedelim mi?

Bahsedelim. Olmaması olmasından iyidir. Ama yine de -çok da arzu edilmemekle beraber- an gelir de gerekirse, evlenmek gibi boşanmak da haktır.

Hadis-i şerifte boşanma "yüce Allah'a en sevimsiz gelen meşru işlerden biri" olarak tanımlanıyor. (Ebû Dâvûd, Talâk, 3; İbn Mâce, Talâk, 1) Fakat sonuçta Allah'ın helal kıldığı bir şey. Ayrıca boşanan sahabeler de var.

Vardır tabii. Kangrenleşmiş bir evliliği zorla sürdürmeye çalışmak ancak zarar getirir. Boşanma noktasına gelinmişse, evliliğin artık kurtarılabilir bir tarafı yok, hatta devamı da mahzurlu ise uzatmadan güzel bir şekilde ayrılmak icap eder. Cenâb-ı Allah iki seçenek var diye buyurmuş: ya iyilikle geçinmek ya da güzellikle bırakmak. (Bakara, 2/229)

Görüyoruz ki insan birlikteyken olduğu gibi ayrılırken de nefsine dur demeli, beklenti ve taleplerini artırmamalı. "Es-sulhu eşref-i ahkâm," der eskiler. Yani sulh en şerefli hükümdür. Bu davayı bir an önce, kısa yoldan kapatmak önemlidir.

Bahsettiğin tarzdaki zoraki evlilikler hane içindekilerden etrafındakilere kadar herkesi olumsuz manada etkiliyor. Her gün bir sürü haber dinliyoruz böyle. Maazallah, neler olmuyor ki... Fert, aile ve toplum birbirine sıkı sıkıya bağlı unsurlar. Hem toplumu hem ferdi bilhassa da çocuğu korumak için bazen ayrılıklar elzem hale gelebiliyor. Bir yerde boşanma da hizmettir bu yüzden.

Öyle gerçekten. Şunun da altını çizelim mi hocam? Boşanma konusunda örfün büyük bir baskısı var. Burada bile hakkı gözeten bir telkin yok ne yazık ki. "Ata binmek bir ayıp, inmek iki ayıp," diyorlar. Boşanmak isteyen bazı insanlar el âleme rezil olma, dile düşme korkusu içinde. Sindiriliyorlar ama bunun kabulü mümkün değil. Yani çocuk travma yaşayacağı bir ortamda mı yetişecek? Uygun şartlar sağlanamıyorsa, düzelmiyorsa hiçbir şey, o zaman bitsin o evlilik. Tabii iyi bir şekilde bitsin.

Örfümüzün evliliğe zorlama, boşanmaktan men etme gibi kitaba pek uymayan zorlamaları eksik değildir. Aslında örf değeri olmamasına rağmen bizim örf zannettiğimiz pek çok şey var, dikkat etmek lazım. Kitaba uymayan örf geçerli değildir.

Gün gelir kişinin evliliğini sağlıklı bir şekilde yürütme imkânı kalmaz, boşanma ihtiyacı duyar. Bu sebepten o yolu tıkamak hata olur. Allah'ın verdiği bir hakkı, baskıyla vs. kimse kimsenin elinden almamalı.

| **Yürümüyorsa bitecek. Peki ama buradaki ölçü nedir?**

Eşlerin birbirine karşı yükümlülükleri var. Evliliğin getirdiği hak ve görevler var. Bunların yerine getirilmemesi boşanmaya sebep olabilir. Öte yandan karı kocanın imtizaç edememesi yani uyuşmaması ve bu nedenle gerekeni yapamayacaklarına dair duydukları endişe de ayrılık getirebilir. Nitekim iki iyi insanın evliliği yürütememesi de söz konusu olabiliyor.

| **Müsaade buyurursanız tam da bu noktaya bir şerh düşmek istiyorum. İnsanlar bir araya gelebilir ve ayrılabilir. Boşanmaları için illa da insanların duymak istediği o malum eylemlerin olmasına gerek yoktur. "Adam alkolik oldu karısını dövüyor", "Kadın gitti biriyle zina yaptı", "Çoluğunun çocuğunun rızkını kumarda yiyor" vs. Bu gerekçeler olmadan da insan boşanabilir. Onlar böyle münasip görmüşlerdir. Sizden bir yardım, arabuluculuk talep ediyorlarsa meselenin mahiyetini anlamak için kendinizce sınırlara riayet ederek sorular sorabilirsiniz. Ama lütfen insanların özel hayatını didiklemeyin.**

Ara bulma kıymetli ama çok da deşerek zulmetmemeli dediğin gibi. Boşanmaları suç değildir yani. İmtizaç yoksa, iyi geçinemiyorlarsa kırgınlığa, gücenmeye, gürültü patırtıya hacet yok. Olmuyorsa olmuyordur. Nihayet gönül işidir bu. Mümkün olduğu kadar kırmadan, dökmeden, kısa yoldan, ihtilafa zemin hazırlamadan yani sulhe ulaşarak bitirmeli.

Yeri gelmişken hatırlayalım, hatırlatalım: Bir tartışmada haklı olduğu halde, sen haklısın diyerek tartışmayı kesene cennet köşkü var, anahtarını benden istesin, diyor Resûlullah. (Ebû Dâvûd, Edeb, 7) İbrahim Re'fet işte bu bilinçle söylüyor:

Edibâne konuş her-kes ile bahs ü cidâl etme
O kim tab'ında vardır hiss-i ilzâm kadri pek dûndur

İlk mısradaki "edibâne konuş" ifadesi edebiyata uygun, düzgün cümlelerle konuşma manasına geldiği gibi edepli konuşma olarak da anlaşılabilir. Yani şair diyor ki: Edepli konuş. Kimseyle tartışma. Münazarayı, tartışmayı kazanma gayretinde olma. Karşısındakini yenmek duygusunda olan kişi çok aşağıdadır. Kadri yüksek olan böyle bir derde düşmez. Ama sen diyorsun ki: Yendim abi, kazandım tartışmayı. İyi halt ettin. Bir ariften duymuştum: "Kazanılmış münakaşa yoktur." Her şeyi kazandığını kabul etsen bile bir dostu kaybedersin, bir insanı kaybedersin, daha kötüsü kendini kaybedersin. Orada kibir var, ucup var. Oysa sen ahiret yolcususun, gönül kazanman lazım. Şair güzel işaret vermiş.

Söz konusu durum acıyı yudumlamaktır. Kavgayı bitirmek, "Sen haklısın kardeşim. Hakkını helal et, kusura bakma!" demektir. Kendimizi bir kontrol edelim mi? Karı kocalar olarak hangi sıklıkla birbirimize "Hakkını helal et," diyoruz? Nadiren mi? Peki bu durum güvenle mi alakalıdır? "Ne hakkı olacak canım!" falan düşüncesi midir yoksa? Henüz duruşma açılmadığından bilmiyoruz ama hak da en çok orada oluşabilir. Gayet müsait çünkü. Gününü geceni, yıllarını geçiriyorsun eşinle. Onun sana hakkının geçebileceğini, bundan dolayı işinin zorlaşabileceğini öngörmüyorsan akıllı değilsin. Öngörüyor da pas geçiyorsan saygılı değilsin. Helalleşme kültürü her alanda cari ama ilginçtir evlilikte değil. Herkes tutturmuş "Ben haklıyım!" diye, kimse yediği hakları düşünmüyor.

Hatta bazen iş öyle bir yere varıyor ki kişi, haklılığımı ispat edeceğim derken eşini rezil ediyor. İyi kötü yıllarınızı birlikte geçirmişsiniz. O senin refika-i hayatın olmuş, aranızda bir hukuk oluşmuş, bir paylaşımda bulunmuşsunuz. Niçin iyi bir şekilde bitirmiyorsun? Niye meseleyi öyle bir noktaya getiriyorsun ki sen de eşinin suratına bakamaz hale geliyorsun? Gerektiğinde yine görüş, yine selamlaş, karşındaki insanın hukukunu koru.

Yüce Allah, "Birbirinize karşı erdemli davranmayı da unutmayın. Şüphesiz Allah, yaptıklarınızı hakkıyla görendir," diye buyuruyor. (Bakara, 2/237) Boşanacağım diye eşinin itibarını beş paralık edip kendini haklı çıkarmaya çalışmak ya da boşanmayı toplum nezdinde meşrulaştırmak için muhatabını kötülemek insani bir vasıf değil. Kesinlikle böyle

bir hataya düşmemek lazım. Örfün, toplumun, kamuoyunun da bu hususa dikkat etmesi gerek. Bir arada durmak nasıl belli ahlaki temelleri gerektiriyorsa ayrılığın da bir adabı, bir ahlakı var. Doğru mu hocam?

Elbette doğru. Çok güzel söyledin. Ölçülere riayet edilerek ayrılık ahlakı da korunmalı.

| **Sizin kendi deneyiminiz, çevrenizden duyduklarınız ve bunların yanında bir de mesleki tecrübeniz var hocam. Onlarca, belki yüzlerce boşanma davasıyla ilgilendiniz. Birçok insandan ayrılık hikâyelerini dinlediniz. Bütün bunlar ışığında sizce temel sorun kimde? Kadında mı, erkekte mi, ailelerde mi?**

Taksim etmek lazım. Sorunu bu üçü arasında dağıtmak lazım, öyle görünüyor. Toplum yapımız içinde evliliği zedeleyen ve erkeğe taalluk eden kısım, erkeğin, sadakat noktasında bir miktar kredisi varmış gibi bir algıya sahip olması. Erkektir yapar durumu var ya, bu anlayış son derece zararlı ve yanlış. Empati dediğimiz şey burada devreye girmeli. Olaya, aynı şey kendi başıma gelse ne hisseder, ne yapardım şeklinde bakılmalı.

| **Müslim'de geçen hadise göre Efendimiz (sav) "Aldatan benden değildir," buyuruyor. (M283 Müslim, Îmân, 164) Burada ciddi bir uyarı var aslında. Hem iş hayatında, hem ticarette, hem trafikte hem de evlilik hayatında aldatmak mümin ahlakına sığmaz. Hak yemek, verdiği sözde durmamak ya da eşinin**

güvenini suistimal etmek buna dâhildir. Biz ahlakı biraz da keyfî bir şeymiş gibi algılıyoruz sanki. Oysa mümin olma iddiasındaysak ahlaksızlık bizim için bir seçenek olamaz. Ahlak, olmazsa olmazımızdır. Peki, boşanma vakalarında kadınlardaki temel sorun sizce ne?

Evliliği zedeleyen faktörlerden kadınlara taalluk eden kısım, kadınların, geleneğin tavsiyesine uygun biçimde beyefendinin liderliğini kabul edip ona saygı duyma gereği duymaması. Bu unuttuğumuz bir şey, hatta epey gerilerde kaldı. Bizzat kendi çevremiz, en yakınlarımız dahi bu durumu sorgulanır buluyor. Hâlbuki kadının, eşinin liderliğini kabul etmesinin, böyle bir duygu ve düşünce içinde olmasının kişiye bir zararı yok. Yine de bu yaklaşım sanırım fazla klasik kaldı. Kadınların, ayaklarımın üzerinde durmak istiyorum yaklaşımı bazı durumlarda evliliğe zarar verebiliyor. Ekonomik bağımsızlık kurgusu, hanımlarda çok da haklı olmayan bir şekilde bir başkaldırı biçimine dönüşebiliyor. Kadın, rakibiyle konuşuyormuş gibi, muhatabı düşmanmış gibi davranıyor.

| **Öte yandan meseleye bu nazarla yaklaşmayıp aile ekonomisine katkıda bulunan kadınlar ve pekâlâ mutlu olan aileler de var.**

Elbette var. Kadın çalışabilir, neden olmasın? Mesele ölçüyü bilmek ve psikolojik olarak durduğun yerdir. Yani mecbur ve mesul olmadığın halde çalışabilirsin ama çalışıyorum, kazanıyorum, gelirim var diye bunun havasını atıp ortamın tadını kaçırmaman lazım. Yoksa sürekli lafı yapılıp zehir zıkkım edilmediği takdirde elbette kadın da çok güzel işler yapabilir.

Yani kadın için çalışmak bir üstünlük kurma aracıysa bu durum huzursuzluğa neden olabilir. Hatta bu erkek için de geçerli...

Eteğine taş toplamak deriz ya, bazı hanımlar çalışarak eteklerine taş topluyor, sanki savaşa hazırlanıyorlarmış gibi... Yalnız fıtri yapıdan bakınca bu durum erkekte az miktardadır. Çünkü erkek fıtraten geçimden sorumlu olduğunu bilir, bunu kabul eder, tartışmaz. Öbür tarafta ise kazanılmış, edinilmiş bir anlayış söz konusudur. Bir hanımefendiye evin bütçesine katkı sağlama şartı koşulmaz. Fakat beyefendiden bu beklenir. Roller farklıdır zira. Çocuğun ahlakı dolayısıyla da anneye bakılır, anneye sorulur. Sen yetiştiriyorsun, sen emziriyorsun, ahlakını ve üslubunu senden alıyor, neticede senin sütünle besleniyor derler. Kötüyse mesela sütü bozuk derler, anneye atfeder, anneye bağlarlar. Yani aslında gelenek, tarih ve alışkanlıklar hem annenin hem babanın rolünü sessiz sessiz ama açıkça ortaya koyuyor. Biz fıtrata müdahale etmedikçe durum açık.

Üçüncü fasıl, büyüklerin müdahalesiyle geçimin bozulması ve yuvaların yıkılması. Kayınvalidelerin ya da kayınbabaların her işe fazla karışması, gençlere sürekli müdahale etmesi, kavgalarda yapıcı olmaması hatta bazen kavgaya bizzat zemin hazırlaması evlilikleri kötü etkiliyor. Benim gördüğüm üçünün de boşanmalarda eşit oranda pay sahibi olduğu. Sadakat cihetinden koca tarafı; saygı duyma ve sorumlulukları kabul etme cihetinden hanım tarafı; her şeye fazla karışma cihetinden ise kayınvalide-kayınbaba tarafı evliliklere zarar veriyor.

Fıtrattan bahsederken aklıma şu geldi hocam: Geçtiğimiz aylarda, çok büyük şirketlerin CEO'luğunu, yöneticiliğini yapmış bir hanımefendinin röportajına denk geldim bir yerde. Pandeminin ilk zamanlarında malum, neyi nasıl yapacağımızı bilmeden bir anda evlere kapandık. Çoğu insan sudan çıkmış balığa döndü. O kadın da röportajında şöyle diyordu: Pandemide mutfağa girdim, oysaki normalde her gün evimize yardımcı gelir, yemeği yapar, sofrayı hazırlar, çocuklarım okuldan geldiğinde onları karşılardı. Ben sadece organize ederdim. Pandemiyle beraber eve kapanıp mutfağa girdiğimde, yemek yapamadığımı fark ettim. Eve kapandığımız ilk günler benim için çok sıkıntılı geçti. Öyle ki çocukların istediği yemeği yapamıyordum. Yardımcımız pandemiden dolayı gidip gelemiyordu. Kendimi, her gün onu arayıp evimdeki deterjanın, sarı bezin, bilmem neyin yerini sorarken buldum. İş kadını rolümü annelik rolümün önüne almışım. Bu yüzleşme beni sarstı.

Bir otokritik yapmış, kendini teraziye koymuş ve muhtemelen sonuçtan pek de memnun kalmamış. Yani çocuğunun arzu ettiği yemeği hazırlayıp onun nazını çekmenin sağlayacağı mutluluk elden çıktıysa, kadın buna üzülür. Çünkü fıtratına aykırı. Ne kadar başarılı bir iş kadını da olsa mutluluğu eksik kalacaktır. Pandemiyle kazandığımız önemli şeylerden biri, rollerimizi tekrar hatırlamamız.

13

Sen iyi niyetli ol, dua et, sebebe yapış, alacağın bütün tedbirleri al. Ondan sonrası tevekkeltü al'Allah.

Muhterem hocam, zannediyorum bu kitaptan en çok genç arkadaşlarımız istifade edecek. Meseleyi toparlama bağlamında bir büyüğümüz olarak sizden son tavsiyelerinizi alalım. Kimisine "Evde kaldın," kimisine "Biz senin yaşındayken çocuğumuzu kucağımıza almıştık," deniyor. Bu anlamda gençlerin bazılarında, "Acaba bir şeyleri ıskalıyor muyum?" gibilerinden bir panik havası var.

Buna hiç lüzum yok. Hiç telaş etmesinler. O tür sözlere kulak asmasınlar çok fazla. Cevap vermek zorunda değiller. Düzgün bir evlilik kurulmayacaksa beklesinler. Sonuna kadar beklesinler, buna değer. Yani riske girilecek bir alan değil bu. Evlilikte yapılan hatayı ömür boyunca düzeltmek mümkün olmayabiliyor. Allah göstermesin, çok dikkatli olmak lazım. Yani daha ilerisini söyleyeyim.

Düzgün bir evlilik yapamayacaklarsa evlenmemeleri daha az zararlıdır.

Düzgün bir evlilik için de o doğru insanı sabırla aramaları gerekiyor, değil mi?

Öyle fakat tekrarlamak lazım: Bu işte "doğru kişi"den emin olmak, kesin olarak evleneceğim kişi işte budur demek de zor. Bunu kimse tefrik edemez. Ama usuller, esaslar bellidir. Vazgeçilmezler bellidir. "İnsanın alacası içinde, hayvanın alacası dışında," derler. Sen onu bilemezsin. Yani o Cenâb-ı Hakk'ın senin hakkındaki takdiridir. Zaman gösterir. Sen iyi niyetli ol, dua et, sebebe yapış, alacağın bütün tedbirleri al. Onun aile yapısına bak. Çünkü aşağı yukarı kendi ailesinde gördüğü biçimde yürütecektir ilişkilerini. Kuş, gördüğü yuvayı yapar demişler.

Aynen öyle, ne güzel söz.

Bildiğin tedbirleri al, ondan sonrası tevekkeltü al'Allah. Yani her şeyi ön görmek mümkün değil ki. Kim yapabilmiş, kim görmüş ki. *Sütûr-ı nüsha-i takdîre kimdir hâme uydurmuş*, diyor Koca Ragıp Paşa. "Takdir sayfasının satırlarına kalemini uydurabilen var mı?" diyor yani. Ne kastetti burada derseniz, sanırım Necip Fazıl'ın dediğini diyor:

Kader, beyaz kâğıda sütle yazılmış yazı;
Elindeyse beyazdan, gel de sıyır beyazı!..

Öngörmemiz mümkün değil. Neticede biz âciziz. Gayba hükmedemeyiz. İmâm-ı Rabbânî'nin dediği gibi:

Kul tedbir alır, sebebe yapışır, takdiri bilmez. Allah'ın takdiri, kulun tedbiri ile değişmez. Her tedbiri alırsın, buna rağmen sana yazılan, sana takdir olunan bir acı, bir ızdırap olabilir. Onu da efendi efendi çekersin.

Dersin ki, "Bu da benim payıma düşenmiş."

Bu dünyada kâmil manada mutluluğa erişemeyeceğimizi, bunun mümkün olmadığını, dünyanın buna müsait olmadığını zaten biliyor olmalıyız. Dünya imtihan yeri. Burada her şekilde imtihan ediliriz. Bizim mutluluk sandığımız şey felaketimiz olabilir. O yüzden Yaradan'ın rızasını gözeterek, Efendimiz'i (sav) örnek alarak, tedbiri terk etmeyerek, acele etmeden geç kalmadan, sakin sakin yolumuza devam etmeliyiz.

Eyvallah, teşekkür ederim hocam. Son sözünüzü de alabilir miyim?

Eşhedü en lâ ilâhe illallah ve eşhedü enne Muhammeden abdühû ve resûlüh.

Allah'a emanet olunuz.